직장 정글의 법칙

직장 정글의 법칙

ⓒ유혜영, 2015

1판 1쇄 인쇄 2015년 12월 28일
1판 1쇄 발행 2016년 01월 10일

글	유혜영
그림	삼식이
펴낸이	김병은
펴낸곳	(주)프롬북스

편집	이남경·김은찬·이현정
마케팅	김용호
디자인	최혜영
표지디자인	오성희
본문디자인	정현옥
등록번호	제313-2007-000021호
등록일자	2007.2.1.
주소	경기도 고양시 일산동구 정발산로 24번지(장항동 웨스턴돔타워) T1-706호
전화	031-926-3397
팩스	031-926-3398
전자우편	edit@frombooks.co.kr
ISBN	978-89-93734-72-0 03810

이 도서의 국립중앙도서관 출판예정도서목록(CIP)은 서지정보유통지원시스템 홈페이지(http://seoji.nl.go.kr)와
국가자료공동목록시스템(http://www.nl.go.kr/kolisnet)에서 이용하실 수 있습니다.(CIP제어번호: CIP2015032457)

1000만 직장인을 위한 진격의 생존기

직장 정글의 법칙

유혜영 지음

프롬북스
frombooks

새벽에 출근하는 사람들에게는 계절이 딱 두 개뿐입니다.
5월부터 9월까지는 봄, 10월부터 4월까지는 겨울.
4월 말이어도 새벽에는 썰렁하고 10월이 되면 벌써 패딩을 꺼내 입게 되기 때문이죠.
대신 새벽에 출근하는 사람들은 알고 있습니다.
새벽 공기가 얼마나 달콤한지.
남들보다 먼저 출근했을 때 기분이 얼마나 짜릿한지.

오랜 세월 새벽을 함께했던 동료들에게 감사의 말을 전합니다.

제게 새벽 출근이라는 행복을 선물해준 SBS의 천재PD 은지향 CP,
"나이를 먹는다는 건 사람을 얻어가는 과정인 것 같아요. 오래오래 함께해요."
선곡의 달인 박형주 PD, "그동안 선곡된 노래 듣는 낙에 출근했어요. 완벽한 청취자 마인드랄까?"
호기심과 식욕이 국가대표급인 장나임 작가, "너처럼 많이 먹고도 살이 안 찔 수 있다면 얼마나 좋을까?"
이름보다 얼굴이 더 예쁜 김예솔 작가, "예솔아, 이 글을 본 사람들 하고는 통화만 해라. 절대로 만나면 안 돼."
라디오 부스 안에 있을 때, 무대 위에 있을 때만큼이나 빛나는 DJ 호란, "너랑 함께한 순간들은 하나도 빼놓지 않고 선명하게 기억이 나네. 고

마워."
부실한 대본을 격한 웃음으로 승화시켜준 연기파 개그맨 조지훈,
"기회주의자 조과장, 툭하면 버럭 하는 진상부장, 그리울 거예요."
평범한 대학생이었던 저를 작가의 길로 이끌어준 김도인 PD님, 배
준 PD님, 이은주 PD님, 그리고 박경덕 작가님, 복 받으실 거예요.

이 책은 〈SBS 호란의 파워 FM〉 중 '굳세어라 호대리'라는 라디오
코너에 방송된 내용을 각색한 것입니다.
'이미 라디오에 방송된 글을 책으로 내도 될까?'
망설이는 제 등을 사정없이 떠밀어준 후배 지원이와 타화수분 식
구들, 분명 대박 날 책이라고 격려보다는 주문(?)을 걸어주신 김병
은 대표님과 프롬북스 식구들, 매일 새벽에 울리는 알람 소리 때문
에 1년 반 동안 잠을 설쳤을 남편과 고등학교 입학하고 1년이 넘도
록 등교 시간에 엄마를 못 본 딸, 일찍 집을 나서는 딸 때문에 노심
초사하셨을 엄마 아빠, 항상 응원해주시는 시부모님, 고맙습니다.

매일 아침 알람 소리에 눈 비비며 일어나 어깨 위에 큰 곰 두 마리
얹고 출근하면서도 라디오에 귀를 기울이는 직장인들이 이 책을 읽
고 한 번이라도 공감하고 '나만 힘든 게 아니구나.'라고 위로받을
수 있다면 참 좋겠습니다.

대한민국을 움직이는 힘,
새벽을 힘차게 여는 직장인 여러분을 응원합니다.

2016년 시작과 함께 새로운 행복을 꿈꾸며, 유혜영

○○식품
마케팅팀

나는 누구? 여긴 어디?

나몰라 신입 (나신입)

28세. 남. 오랜 '취준생' 생활 끝에 취직 성공!
늘 의욕이 앞서지만 아는 것보다
모르는 게 더 많아 번번이 실수 연발.
미우나 고우나 반짝반짝 빛나는 신입이다.

오늘 먹을 치킨을 내일로
미루지 못했으니,
다이어트는 다시 처음부터!

허당 대리 (허대리)

34세. 여. 자아 정체성 고민 때문에
여러 번 이직해서 뒤늦게 대리를 달았다.
위에서 눌리고 아래에서 치이는 샌드위치 신세.
허당 끼가 다분하다.
365일 다이어트 중인 대한민국 열혈 커리어우먼이다.

누구나 가슴에 사표 하나쯤
품고 있잖아요?
문신처럼 새겨서 꺼낼 순 없지만…

이기적 과장(이과장)

38세. 남. 아부가 체질화된 마케팅팀 최고의 짠돌이.
토끼 같은 두 자녀와 여우 같은 아내를 둔 가장이다.
성격이 다혈질이라 틈만 나면 사표 운운하며 버럭거리지만
아내의 한마디에 금세 순한 양이 되고 만다.

매력이 철철 넘치는데
왜 연애를 안 하냐고?
귀찮은 건 딱 질색이야~!

백여우 차장(백차장)

38세. 여. 할 말 다 하고, 일도 알아서 척척,
즐길 거 즐기며 사는 골드미스.
이기적 과장과 동갑이지만 같은 것이라곤
나이밖에 없을 만큼 성격, 취향, 업무 스타일 등
모든 게 다 달라 사사건건 부딪히는 앙숙이다.

요즘 사람들은 뭘 그렇게들 쏘는지.
밥 쏴, 메일 쏴, 월급 쏴~ 쏴쏴 아~쏴!

장남아 부장(장부장)

53세. 남. 업무 처리를 재촉하는 속도는 대한민국 대표 LTE급!
그러나 SNS가 뭔지 도통 모르겠고,
'앱'을 '애비'로 착각할 정도로 어려움이 많다.
그럴수록 팀원들 앞에서 목소리가 커지고,
툭하면 야근시키는 '남아!' 선호 사상 소유자.

단체 대화방은 24시간 대화 중

대한민국 직장인들이 가장 싫어하는 TV 프로그램은 뭘까?

정답은 〈열린음악회〉.

이유는 간단하다. 〈열린음악회〉가 한다는 건 일요일이 끝나간다는 뜻이니까.

〈열린음악회〉는 직장인들에게 꿀 같은 일요일이 가고 있다는 걸 실감하게 한다.

일요일 밤 9시.

이제 주말의 마지막 위안인 〈개그콘서트〉가 시작하길 기다리는데, 이과장 휴대전화에서 '카톡카톡카톡' 카톡 알림음이 끊이질 않는다.

휴대전화를 흘낏 본 이과장이 푸념을 늘어놓는다.

"아니, 정말 너무한 거 아냐? 퇴근 후도 부족해서 이젠 주말까지! 단체 대화방에 부장님이 수시로 남기는 메시지 때문에 주말에도 쉬는 게 아니라니까."

이과장은 그러면서도 마음과는 달리 연신 환호하는 이모티콘을 날리고 있다.

한편 백차장의 집.

얼굴에 팩을 붙이고 누워 있던 백차장은 계속되는 카톡 알림음에 어쩔 수 없이 팩을 떼고 휴대전화를 본다.

"대체 누구야?"

사실 누군지 안 봐도 뻔하다. 부장님. 아니, 더 정확하게는 오늘 등산 다녀오신 부장님이 단체방에 사진을 올린 거다.

오징어를 뜯으며 〈개그콘서트〉 시청할 준비를 하던 신입도 영혼 없는 뜨거운 반응을 보내고 있다.

"부장님께서 등산 가서 찍은 사진을 보니 부럽다는 생각뿐이네요. 전 하루 종일 방구석 날라리였는데. 쩝."

신입의 아부 멘트에 허대리도 가만있을 수만은 없다. 젖은 머리를 말리던 드라이어를 내려놓고 휴대전화를 집어 든다.

"저도 지금 친구들에게 마구 퍼 날랐더니 부장님 멋지다고 난리 났어요. 앞으로도 사진 많이 남겨주세요."

부장님이 사진을 올렸을 때 팀원들의 반응이 없으면 노골적으로 서운한 내색을 한다는 걸 다들 잘 알고 있기 때문이다. 특히 부장님의 프로필 사진이 바뀌었는데도 반응을 보이지 않으면, 그다음 날은 '남아!'를 각오해야 한다.

허대리는 부장님이 스마트 폰으로 바꾸고 메신저 프로필 사진을 변경할 때마다 알람이 울리게 설정해놓았다. 오죽하면 밤에 잘 때도 휴대전화를 끌어안고 잔단다. 그러니 다크서클이 발목까지 내려올 수밖에……

팀원 모두가 뜨거운 반응을 보이는 가운데 백차장만 아무 반응이 없자 부장님이 단도직입적으로 메시지를 남긴다.

"백차장은 뭐 하나?"

그제야 백차장의 메시지가 단체 대화방에 등장한다.

"휴일엔 저도 쉬어야죠. 그리고 앞으로는 단체 대화방엔 업무 내용 말고 개인적인 내용은 남기지 마세요. 시도 때도 없이 근무하는 기분이에요."

그러자 기다렸다는 듯 부장님의 필살기가 날아든다.

"내일 오후 6시에 신제품 아이디어 회의할 거니까 준비하고 다들 남아!"

지금 시각은 일요일 밤 9시.

일요일이 다 가고 있다는 사실보다 더 우울한 건 부장님, 우리 부장님.

차례

제1부 월요일

제2부 화요일

제3부 수요일

제4부 목요일

MONDAY

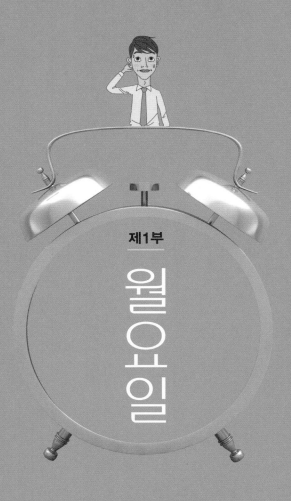

제1부

월요일

01

아침의 선택이
하루를 만든다

아침부터 백차장의 푸념이 시작됐다.

"아유. 보나 마나 오늘도 야근하겠지? 난 오늘 집에 일찍 들어가
야 하는데."

신입이 나서서 물었다.

"백차장님, 저녁에 중요한 일이라도 있으세요?"

"아니. 중요한 일이 있는 게 아니라 집에 빨리 들어가야 한다
고."

백차장의 말에 고개를 갸웃거리며 신입이 다시 물었다.

"약속이 있는 것도 아닌데 집에 빨리 들어가야 한다면…… 혹
시 집에 일이 있으신 거예요?"

"그게 아니라 내가 오늘 아침에 구두를 잘못 골라서 신고 나왔어. 킬힐을 신고 나왔어야 하는데 급하게 나오느라 낮은 굽을 신었더니 기분도 축 가라앉고 일이 손에 안 잡혀. 이런 날은 최대한 빨리 집에 들어가야 해."

신입은 여전히 영문을 모르겠다는 표정을 짓고 있었지만 곁에 있던 허대리가 맞장구를 쳤다.

"맞아요. 저도 그런 거 있어요. 화장이 마음에 안 들게 된 날은 일도 안 풀리고, 마음에 안 드는 옷 입은 날은 빨리 집에 들어가고 싶어져요. 그걸 징크스라고 해야 하나? 아니면 습관이라고 해야 하나? 암튼 아침에 선택하는 게 그날 하루를 좌우하죠."

백차장이 손뼉을 치며 허대리 말에 끄덕거렸다.

"맞아. 아침은 선택이 중요한 시간이야."

때마침 출근한 장부장이 굿모닝, 대충 인사를 건네곤 이과장을 찾는다.

"이과장은 아직도 안 왔어? 또 지각이야? 허대리, 전화해봤어?"

부장의 성화에 허대리가 기어드는 목소리로 대답했다.

"네. 곧 도착한답니다. 지금 그러니까……."

그러자 부장은 더 들을 필요도 없다는 듯 손을 내저었다.

"또 63빌딩 보인대지? 63빌딩은 강남에서도 보여. 이과장은 지각이 습관이야, 습관."

부장의 말이 끝나기 무섭게 이과장이 헐레벌떡 들어왔다.

"어? 부장님 일찍 오셨네요? 제가 평소엔 지각을 안 하는데 오늘도 습관적으로 올림픽대로를 탔더니 막히네요. 아, 강변북로를 탔어야 하는데 항상 올림픽대로를 타는 습관 때문에 좀 늦은 거죠. 아침엔 어떤 길을 선택하느냐에 따라 최소 30분이 좌우되더라고요. 백차장님도 공감하시죠?"

그러자 백차장이 대답했다.

"아침의 선택이 하루를 만드는 건 맞는데 이과장은 지각도 습관, 지각했을 때 변명하는 것도 습관인 거 같아."

『논어』 양화 편 제2장에 보면 '성상근야 습상원야(性相近也 習相遠也)' 라는 말이 나온다. 타고난 본성은 서로 비슷하지만 습관에 따라 서로 멀어진다는 뜻이다. 흔히 약점을 천성의 탓으로 돌리는데 올바른 습관을 들이기만 하면 천성은 충분히 바꿀 수 있다고 충고하고 있는 것이다. 어떤 습관을 들이느냐에 따라 타고난 성품, 기질은 물론 노력한 결과도 달라진다.

습관은 행동을 통해 성격이 되고 운명이 되고 결국 인생이 된다.

영국의 가수 존 라이든은 '처음에는 우리가 습관을 만들지만 그다음에는 습관이 우리를 만든다.'고 했다. 습관은 우리를 만들 뿐 아니라 미래도 바꿔놓는다.

직장
정글의
법칙

월급을 받으려는 자,
무조건 **견뎌라**

"이과장은 사람이야, 굼벵이야? 지난주까지 내라던 보고서를 뒤늦게 내면서 이게 뭐야? 앵무새도 아니고 어떻게 보고서가 맨날 똑같아?"

장부장이 소리치자 옆에 있던 백차장도 슬쩍 거들었다.

"이과장. 모름지기 보고서란 변화가 필요한 거야. 영어로 variation. 아, 무식해서 영어를 알지 모르겠네?"

부장과 차장의 타박에 잔뜩 기죽은 이과장이 겨우 목소리를 냈다.

"저는 나름대로 변화를 준 건데……."

이과장의 말이 끝나기도 전에 부장의 말이 이어졌다.

"잔소리 말고 다시 써. 또 이러면 보고서가 아니라 사표 쓸 각오해. 알았어?"

잠시 후 허대리가 이과장에게 다가가 물었다.

"과장님. 보고서 쓰시는 거 제가 좀 도울까요?"

그러자 이과장이 소스라치게 놀라며 말을 더듬었다.

"히이이힉? 허, 허허, 허허허허대리, 언제 왔어?"

"보고서 수정하시는 거, 제가 좀 도와드릴까 해서요. 근데 과장님, 웹서핑하시네요? 도시 텃밭 동호회라도 가입하셨어요?"

그러자 이과장이 울분을 토하며 말했다.

"인신공격에, 막말에, 하루도 빠짐없이 까면서 사표로 협박까지 하는 부장도 싫고, 옆에서 거들면서 살살 약 올리는 차장도 얄미워서 보란 듯이 사표 던지고 나서……."

깜짝 놀란 허대리가 이과장에게 물었다.

"네? 이직하시게요?"

"아니. 귀농하려고. 지금 막 귀농 카페에 가입했어!"

지나가다가 그 말을 들은 백차장이 한심하다는 듯이 혀를 끌끌 찼다.

"쯧쯧쯧. 작년에는 확 사표 내고 치킨집 한다더니 이번엔 귀농이야?"

신입이 옆에서 거든다.

"과장님, 저희 부모님이 농사지으시는데 농사가 생각보다 힘들어요."

"알아. 그래도 지금보다는 낫겠지."

"사표 낸 사람 둘 중 하나는 후회한다는 통계도 있던데, 다시 한 번 생각해보세요."

그러나 이과장은 신입의 말에 끄떡 않고 힘주어 말했다.

"생각해볼 때마다 확신이 생겨. 월급은 쥐꼬리보다 작은데 오르는 속도는 달팽이보다 느리고, 그나마 잡으려고 하면 신기루처럼 사라지지. 비전도 없고. 결정적으로 난 조직 생활이랑 안 맞아. 나, 이번엔 단단히 결심했다고!"

그때 이과장의 전화벨이 울렸다.

이과장은 비장한 표정으로 자리에서 일어서며 통화 버튼을 눌렀다. 통화가 길어질수록 목소리는 점점 줄어들었고 마지막엔 가냘픈 외침이 들려왔다.

"여보. 사표 낸다고 돈 안 버는 거 아냐. 내 말 좀 들어봐. 여보. 여보오오오!"

전화를 끊고 자리에 돌아온 이과장의 표정이 안 좋다.

"사모님이 뭐라세요?"

신입이 묻자, 이과장이 사표를 찢으며 힘없이 말했다.

"사표고 귀농이고 다 집어치우고 열심히 회사 다녀서 돈 벌어 오래."

직장 생활을 견디는 당신이 진정한 챔피언!

로마의 철학자 세네카는 말했다.
"중요한 것은 부당한 대접이나 모욕을 받았느냐가 아니라 이를 어떻게 견뎌냈느냐다."라고.
직장인에게 중요한 것은 어떻게 견뎌냈느냐가 아니라, 견뎌낸다는 사실 그 자체일지도 모른다.

직장 정글의 법칙

03

부장님은 도루왕

신제품 홍보 방안을 놓고 마케팅 회의가 한창이다.

부장은 꼭 빌려준 돈 내놓으라는 채무자처럼 아이디어를 독촉했고, 팀원들마다 몇 개씩 의견을 냈지만 반응이 영 신통치 않다.

아까부터 뭔가를 끼적이던 허대리가 조심스레 입을 열었다.

"광고를 많이 했으면 좋겠어요. 그중에서도 상대적으로 비용이 저렴한 라디오 광고를 하면 좋을 것 같아요."

그러자 부장이 대놓고 면박을 줬다.

"라디오에 광고 붙이는 게 뭐가 새로운 마케팅 플랜이야?"

한숨을 푹푹 내쉬는 부장을 바라보던 이과장이 호기롭게 말했다.

"요즘 야구가 대세니까 야구장에 가서 부스를 차려놓고 홍보 이벤트를 하는 거 어때요?"

"이봐, 이과장. 생각, 생각, 제발 생각 좀 하고 말해. 야구장에 온 사람들이 굳이 우리 회사 제품을 사 먹을까? 야구장에선 치킨이 진리잖아. 안 그래?"

이번엔 신입 차례다.

"이번 시즌 신제품 콘셉트가 바쁜 아침에 쉽게 먹을 수 있는 '간편 죽' 시리즈니까 직장인들이 출근하는 지하철역 입구에서 시식 이벤트를 열면 어떨까요?"

말이 끝나기 무섭게 장부장의 돌직구가 날아들었다.

"뭐? 바쁜 출근길 지하철역 앞에서 우리 신제품 시식을 하자고? 지각할까 봐 종종걸음을 치는 마당에 대체 누가 우리 이벤트에 관심을 가지겠어? 어디서 그런 아마추어적인 발상이야?"

그러나 신입은 기죽지 않고 꿋꿋하게 한마디 더 보탰다.

"출근길 바쁜 일상까지 영상에 담아서 회사 홈페이지와 유투브 같은 동영상 사이트에 올리면 화제가 될 겁니다. 저는 꼭 한번 해보고 싶습니다!"

그러자 장부장이 득달같이 말했다.

"이봐, 신입. 아직 잘 모르나 본데 회사는 하고 싶은 일을 하는 곳이 아니라 모두에게 필요한 일을 하는 곳이라고. 도대체 언제쯤 감을 잡을지 원. 정말 답답하다, 답답해."

그때 회의실로 상무가 들어왔고, 장부장이 벌떡 일어나 반기며 "신제품 마케팅 아이디어 회의 중이었습니다." 하고 말했다.

상무는 어떤 아이디어가 나왔느냐고 물었고 장부장이 냉큼 나서서 속사포처럼 말했다.

"아, 저희 팀원들이 아이디어를 통 안 내서 말입니다. 제가 하나 생각해낸 건데요. 이번 시즌 신제품 콘셉트가 바쁜 아침에 쉽게 먹을 수 있는 '간편 죽' 시리즈니까 직장인들이 출근하는 지하철역 입구에서 시식 이벤트를 여는 겁니다. 바쁜 아침 표정을 생생하게 담아서 회사 홈페이지나 동영상 사이트에 공개하는 거죠. 요즘, 사람들이 많이 모이는 데가 야구장이니까 야구장에서 시식 이벤트를 하는 건 어떨까요? 아, 이번 신제품은 라디오 광고도 많이 했으면 좋겠고요. 제 아이디어 어떠세요, 상무님?"

나도 촉이 되게 좋은데,
왜 늘 이 모양이냐. 흑.

수많은 직장인들이 직장 내 인터셉트(intercept) 때문에 열받는다.
온라인 리서치 전문 회사 리서치패널코리아가 운영하는 '패널나우'
의 조사에 따르면 '가장 싫어하는 상사의 유형'에서 '공을 가로채는
상사'가 1위를 차지했다. 온라인 취업 포털 '잡링크'의 조사에서도 퇴
직을 권유하고 싶은 직장 상사 1위가 '부하 직원의 공을 가로채는 상
사'였을 정도다.
그러나 슬프게도 부하의 공을 가로채는 것은 상사들의 생존 전략이
다. 얄밉기 짝이 없고 내쫓고 싶어도 어쩔 수 없다. 회사에서 10년 이
상 견딘 사람들은 바람직하진 않아도 나름의 생존 전략이 있다. 어떻
게 해야 살아남을지 본능적으로 아는 촉이 있다. 어쩌면 그걸 활용해
서 살아남는 법을 벤치마킹하는 것도 필요할지 모른다.

직장
정글의
법칙

상사는 반품이
안 되나요?

이과장이 외근 나가는 허대리를 다급하게 불러 세웠다.

"허대리, 허대리, 혹시 이따 점심 먹고 들어오는 길에 우리 딸 머리핀 좀 사다줄 수 있어?"

옆에서 듣고 있던 백차장이 기가 막히다는 표정으로 이과장을 바라봤다.

"이과장 딸 머리핀을 왜 허대리가 사?"

"제가 사다주겠다고 큰소리쳐놨는데 여자애들 머리핀은 뭐가 예쁜 건지 봐도 봐도 모르겠어요."

허대리는 마침 선물을 하려던 참이었다고 흔쾌히 말했지만 백차장은 뜻을 굽히지 않았다.

"아니야. 아무리 상사라고 해도 사적인 심부름을 시키면 안 되지. 허대리가 거절하기 힘들잖아."

이때다 싶었는지, 신입이 자리에서 일어나서 목소리를 높였다.

"지난 설 앞두고 엄청 바쁠 때 있었잖아요. 그때 부장님이 조카들 세뱃돈 줘야 한다고 신권 바꿔오라고 한 것보단 훨씬 낫네요. 은행마다 신권이 부족해서 전 일곱 군데 돌아다녀서 겨우 금액 맞췄거든요."

이과장도 맞장구치며 한마디했다.

"난 철야한 다음 날 아침에 부장님이 속옷 사 오라고 해서 편의점 갔다 왔어. 그때 사무실에 나랑 허대리밖에 없었는데, 여성 직원에게 시키기 그렇다고 나더러 다녀오라잖아."

질 수 없다는 듯 허대리가 받아쳤다.

"저는요, 지난 연말에 부장님 딸이 좋아하는 아이돌 그룹 콘서트 티켓이 금세 매진된다고 해서 오전 내내 예매 오픈하길 기다렸어요. 사이트 열리자마자 광클해서 겨우겨우 VIP좌석 예매 성공했잖아요. 휴, 그거 실패했으면 어땠을까 생각만 해도 오싹해요."

한번 이야기가 시작되니 봇물 터지듯 에피소드가 이어졌다. 신입이 아, 하고 또 다른 이야기를 시작했다.

"입사 동기한테 들었는데요. 경영지원팀 최과장님은 휴가 가면

서 집에서 기르던 고양이를 맡기고 가셨대요. 고양이가 밤새 우는
바람에 며칠 동안 동기가 한숨도 못 잤다고 하더라고요."

허대리도 한마디 했다.

"내 동기는 크리스마스 때 부장님 아들이 다니는 유치원에 산
타클로스 할 사람 없대서 수염 붙이고 산타 분장하고 가서 하루
놀아줬대."

그때 이과장이 의자 밑에서 박스 하나를 꺼내들고는 허대리에
게 다가왔다.

　　"저기 허대리. 이거 말이야, 내가 큰맘 먹고 산 어린이 동화 전집인데…… 홈쇼핑에 전화해서 반품 좀 시켜 줘. 애들이 통 책을 안 봐서 말이야, 하하!"

　　순간 사무실 안이 얼어붙은 듯 조용해졌다. 허대리와 신입은 어안이 벙벙한 얼굴로 마주 보았다. 백차장이 이과장을 쏘아보며 말했다.

　　"이과장, 그만 좀 해. 자꾸 사적인 일 시키면 널 반품해버린다!"

'회사 보고 왔다가 상사 보고 떠난다.'는 말이 있다.
좋아서 선택했던 회사를 포기하게 할 만큼 상사의 비중은 크다.
흔히 상사에는 두 종류가 있다고 한다. 순응하게 만드는 상사와 반발하게 만드는 상사. 둘의 차이는 딱 하나다. 부하 직원에게 공감을 이끌어내느냐, 못하느냐.
결국 핵심은 공감이다.

직장
정글의
법칙

05

기승전 '퇴근'

월요일 아침, 사무실에 들어서던 백차장이 이과장을 보고 깜짝 놀라며 말했다.

"으악! 이 호빵맨은 누구야? 웬일로 일찍 출근한 것도 놀라운데, 면상은 또 왜 그래? 어제 술 먹고 잤어? 얼굴이 왜 이렇게 퉁퉁 부었대?"

이과장이 쑥스럽다는 듯 머리를 긁적였다.

"아, 어젯밤에 식구들에게 요리 솜씨 좀 자랑하려다가요……."

사무실 안쪽에 있는 간이 주방에서 커피를 타서 나오던 신입이 끼어들었다.

"와! 과장님, 요리 잘하세요?"

이과장이 손을 내두르며 대답했다.

"아니, 그게 아니라 요즘 '백주부'가 대세잖아. 나도 명색이 식품회사 과장인데 휴일엔 가족을 위해서 요리 좀 해보려고. 애들한테 앞으론 이주부라고 불러달라고 큰소리치고 요리를 시작했는데……."

백차장이 말을 끊었다.

"이주부? 쳇, 요즘 방송이 여러 사람 망쳐놓는다니까. 일요일엔 요리사? 그래서 뭐 이과장이 한 요리는 짜파게티야?"

백차장이 콧방귀를 뀌며 말하자 이과장이 흥분해서 대답했다.

"아녜요. 백주부가 방송에서 알려준 만능간장부터 만들었죠. 마트 가서 재료 사다가 텔레비전에서 본 대로 만들었는데, 이상하게 제가 하니까 맛이 잘 안 나더라고요. 간은 또 왜 그렇게 짠지 물만 벌컥벌컥 들이켰죠, 뭐. 아침에 일어나서 거울 보니까 얼굴이 퉁퉁 부었더라고요."

백차장이 혀를 찼다.

"이과장 하는 일이 다 그렇지 뭐."

풀 죽은 표정의 이과장을 보고, 신입이 나섰다.

"요즘 백주부 인기가 대단해요. 특히 저같이 혼자 사는 '혼밥남'들도 백주부 방송 보면 음식을 만들고 싶어진다니까요."

그러자 다시 신이 난 이과장이 맞장구를 쳤다.

"혼밥남뿐 아니라 나 같은 아빠들도 그래. 오죽하면 마트에 가서 '돼지고기 반 근만 갈아서 주세요.' 했더니 정육 코너 점원이 '백주부표 만능간장 만드시게요?' 하고 되묻더라니까."

신입이 의미심장하게 말했다.

"요즘 쿡방 인기가 높아지면서 음식을 직접 하려는 사람들이 늘었잖아요. 이참에 우리 회사에서도 저처럼 혼자 밥해 먹는 사람들이 쉽게 쓸 수 있게 만능간장 같은 양념 제품을 개발해보면 어때요?"

이과장이 받아쳤다.

"와우! 그거 좋은 아이디언데? 차장님, 우리 기획서 하나 써볼까요?"

백차장은 "그래. 뭐, 괜찮은 것 같네. 신입이 초안부터 잡아봐." 하고 말하고는 허대리에게 다가가 어깨를 툭 쳤다.

"허대리는 아까부터 아무 말도 안 하고 멍 때리고 있네? 무슨 생각해?"

그러자 깜짝 놀란 허대리가 머리를 매만지며 말했다.

"아, 일주일 중에 제일 시간이 안 가는 날이 월요일이잖아요. 오늘은 유난히 시간이 안 가네요? 대체 언제 끝나고 퇴근할까? 그 생각하고 있었어요, 헤헤."

직장인의 뇌구조

2015년 8월, 취업 포털 '잡코리아'가 남녀 직장인 1,488명을 대상으로 직장인들의 뇌 구조를 분석한 결과를 발표했다.

1위는 '퇴근하고 싶다'는 생각이 58.9%로 압도적이었고, 2위는 빨리 끝내야지(29.5%), 3위는 회사 때려치우고 싶다(29.2%), 4위는 점심은 뭘 먹지?(23.2%)였고, 이어서 짜증 난다(19.7%), 힘들다(17.8%), 졸리다(17.3%), 열심히 해야지(13.8%), 퇴근하고 뭐 하지(12.8%)가 줄을 이었다.

오늘도 직장인들은 가슴이 두근두근하다. 퇴근이 늦어질까 봐.

직장
정글의
법칙

06

직장인표
공수표

나른한 오후, 장부장이 순찰하듯 사무실을 한 바퀴 빙 돌다가
허대리 앞에 멈춰 섰다.

"신제품 실현 가능성 타진 보고서 어떻게 됐어?"

"아, 그게……."

허대리가 대답하려는 순간 장부장이 말했다.

"*거의 다* 됐지?"

"네? 어떻게 아셨어요?"

장부장의 점검이 이어졌다.

"백차장, 작성 중인 예산안도 *거의 다* 됐지?"

백차장이 냉큼 나섰다.

"전 정말 거의 다 됐어요. 그냥 하는 소리가 아니라니까요."

부장의 반박이 이어졌다.

"됐어. 내가 어디 한두 번 속나? 다 됐냐고 물으면 무조건 거의 다 됐다니, 여기가 무슨 중국집이야? 중국집에 주문하고 기다리다 안 와서 전화하면 '도착할 때 거의 다 됐어요.' 그러잖아. 허대리, 내가 오늘 아침까지 달라고 한 자료는 대체 언제 줄 거야? 그것도 거의 다 됐지?"

"네. 그건 정말 거의 다 됐습니다."

그러자 장부장이 응수했다.

"그럼 아까 물어본 보고서는 거의 다 된 게 아니구먼."

허대리가 당황해서 어쩔 줄 모르는 사이, 신입이 눈치 없이 입을 열었다.

"거의 다 됐습니다, 이 말은 직장인들이 자주 날리는 공수표래요."

여기저기에서 들은 이야기를 신입이 떠드는 동안 복도에 나가서 통화하던 이과장이 돌아왔다.

"그래, 내가 한번 고민해볼게. 좋아, 다음에 언제 술 한잔 진하게 하자고!"

무슨 전화길래 나가서 받았느냐고 부장이 묻자, 이과장은 동기와 연락을 나눈 거란다.

"뭐. 술 한잔? 이과장은 시간이 많은가 봐? 동기랑 술 약속을 다 하게."

부장의 말에 이과장이 펄쩍 뛰었다.

"제가 요즘 술 먹을 시간이 어딨어요? 그냥 끊기가 뭐해서 공수표 날린 거예요."

또다시 신입이 한마디를 보탠다.

"다음에 보자, 언제 한번 밥 먹자, 나중에 한잔 하자. 이것도 직장인들이 많이 하는 공수표래요."

그러자 백차장이 의미심장하게 말했다.

"이과장, 그럼 나한테 다음에 언제 한번 부장님한테 제대로 반항하겠다고 한 것도 공수표였어?"

부하 직원이 상사에게 말하는 '거의 다 됐어요.'는 '하고 있으니 독촉 좀 그만하세요.'와 같은 말이고 '언제 한번 보자.'는 '당장 만날 시간을 정할 만큼 꼭 보고 싶은 건 아니야.'와 같은 뜻이다. '언제 한번'은 이 세상엔 존재하지 않는 시간이다.

직장 정글의 법칙

07

변화가 필요해

아침부터 신입이 백차장에게 깨지고 있다.

"이걸 지금 연간 계획이라고 낸 거니? 작년하고 똑같잖아."

이번엔 신입도 가만있지 않았다.

"아니, 상·하반기 신제품 출시 시기도 작년이랑 같고 예산 범위도 크게 달라지지 않았잖아요. 심지어 거래 업체도 그대로인데 대체 뭘 바꾸라는 거죠? 부서가 달라지거나 자회사가 하나 더 늘어나거나 회사의 사업 규모가 획기적으로 확장되기 전에는 연간 계획이라는 게 다 비슷할 수밖에 없잖아요."

백차장의 언성이 더욱 높아졌다.

"세상에, 아직도 저런 무사안일주의로 일하는 직원이 있다니.

어메이징!"

오늘 아주 작정했다는 듯 신입이 지지 않고 대꾸했다.

"차장님도 마찬가지 아닌가요? 1월엔 연말정산하고 3월엔 부서 이동 있으니 새 사람 새 자리 받고 4, 5월엔 신제품 준비해서 6월엔 새로운 제품 내놓고 7, 8월엔 휴가 다녀오고 9, 10월엔 신제품 출시 결과 평가하고 11월 되면 내년 계획이랑 예산 짜고 12월엔 1년 결산하고 그러잖아요. 직장인들은 하나같이 어제와 같은 오늘, 오늘과 같은 내일을 사는 거 아닌가요?"

그러자 백차장이 신입에게 말했다.

"어제와 같은 오늘, 오늘과 같은 내일을 산다면 월급을 받을 필요도 없겠네. 어제 받은 월급으로 충분하잖아, 안 그래?"

중국 은나라 탕 임금의 세숫대야에는 '일신우일신(日新又日新)'이라고 적혀 있었다고 한다. 날마다 새로워진다는 뜻이다. 아침에 세안을 하면서 어제와 똑같은 오늘이 시작되고 있다고 생각된다면, 세숫대야가 아닌 자신의 마음에 일신우일신이라고 새겨봐야 한다.
마이크로 소프트의 창업자인 빌 게이츠가 말했다.
"저는 힘센 사람도 아니고 그렇다고 두뇌가 뛰어난 천재도 아닙니다. 날마다 새롭게 변했을 뿐입니다. 그것이 제 성공비결입니다. 'change'에서 'g'를 'c'로 바꾸면 기회가 됩니다."
변화는 기회를 부른다.

직장
정글의
법칙

08

내 안에서
보내는 신호

신입이 허대리에게 물었다.

"대리님. 저 좀 전에 기획팀에 있는 대학 동기를 만났는데요. 걔가 군대를 공익 갔다 와서 저보다 입사가 2년 빠르거든요. 근데 요즘 3년 차 증후군을 앓고 있대요."

허대리가 대답했다.

"그럴 수 있지. 나도 그맘때 일에 대한 흥미가 떨어지고 진로에 대해 심각하게 고민했어. 사실 신입 때는 선배들이 슬럼프라고 하면, '얼마나 어렵게 바늘구멍을 뚫고 입사했는데 슬럼프가 뭐야?' 했는데 나한테도 오더라고. 입사 3년쯤 되면 동기들끼리도 서로서로 '넌 일이 재밌니?' 이런 거 묻게 되고, 내가 이러려고 어렵게

시험 봐서 회사에 들어왔나…… 이런 생각이 들고 그래."

신입이 물었다.

"그럼 3년 차 증후군은 왜 생기는 건데요?"

"입사하고 3년쯤 되면 업무와 조직 문화에 적응이 되는 데다가
보통 대리 승진을 앞두고 있는 시기잖아. 1년 차인 신입 사원 때

는 바짝 긴장해서 일 배우기 바쁘고 2년 차에는 업무가 손에 익기 시작하면서 서서히 처음 설렘과 각오가 사라지고 3년 차에는 웬만한 일들이 익숙해지지. 이렇게 되면 자신을 돌아볼 여유가 생기고 내가 가는 길이 맞는 방향인지 고민하게 되는 거지."

"그렇군요. 그럼 과장님도 그런 시기가 있으셨어요?"

이번엔 이과장이 대답했다.

"물론이지. 근데 그게 아주 나쁜 것만은 아니야. 청소년들처럼 직장인들도 성장하고 싶은 욕구가 있거든. 그래서 일이 익숙해지고 편안해질 때쯤 새롭게 성장하고 싶은 욕구가 싹트는 거야. 그걸 잘 활용해서 발전하는 계기로 만들면 돼."

3년 차 증후군은 하던 일이 익숙해졌다고 내 안에서 보내는 신호다. 익숙해지는 게 좋은 점도 있지만 반면에 현실에 안주하고 있다는 경고등이 깜박이는 것이기도 하다.

직장
정글의
법칙

09

허리띠 졸라매기
프로젝트

모니터와 눈싸움이라도 할 기세로 앉아 있는 백차장에게 신입이 다가가 물었다.

"차장님, 아까부터 뭘 그리 뚫어져라 보고 계세요?"

"이번 달 카드 사용 내역서 보고 있었어. 지난달에 커피 마시는데 쓴 돈이 10만원이 넘잖아."

"맞아요. 요즘은 커피 한 잔에 보통 5,000원 정도 하잖아요. 밥값보다 비싸서 식후 커피 마시면 배보다 배꼽이 더 클 때도 있어요."

"커피 마실 땐 '빡빡한 업무에 지친 나에게 이 정도 휴식은 선물해도 돼.' 그런 마음이었는데 한 달 치를 모아놓고 보니까 후덜

덜해. 앞으로는 회사에서 공짜로 주는 믹스 커피 마셔야겠어."

이과장이 백차장에게 말했다.

"맞아요, 차장님. 하루라도 빨리 정신 차리세요. 저처럼 결혼하고 나서 정신 차리면 너무 늦어요. **통장에 남는 것도 없고 인생에 답도 없어.**"

그때 백차장이 모니터를 보다가 중얼거렸다.

"근데 믹스 커피는 커피 마실 때마다 컵이 필요하니까 이참에 텀블러를 하나 사야겠네."

연신 마우스를 클릭하며 텀블러를 검색하는 백차장에게 신입이 말했다.

"이거 제가 친구 아들 돌잔치 갔다가 공짜로 받은 텀블러인데 드릴까요? 좀 보세요."

신입이 내민 텀블러를 본 백차장이 말했다.

"흠. 역시 공짜 티가 난다. 내가 지금 골라놓은 건 요즘 유행하는 핫레드텀블러야. 연예인들도 다 들고 다닌다는 바로 그거."

이과장이 백차장을 바라보며 쓴소리를 한다.

"텀블러가 음료만 잘 담기면 되지, 뭐 그리 바라는 게 많아요? 그냥 있는 거 쓰세요. 커피 값 아끼려고 사는 거라면서요? 엉?"

"그렇긴 한데, 이제 테이크아웃 커피를 완전히 끊을 거니까 준비를 아주 단단하게 해야 할 것 같아. 그리고 요즘은 텀블러가 커피 들고 다니는 사람의 자존심이거든."

신입이 백차장의 모니터를 보고 말했다.

"차장님이 골라놓은 건 2만 4,000원이네요? 이걸 1년 내내 쓰시면 한 달에 2,000원 꼴이고 2년 동안 쓰시면 월 1,000원꼴이니까 사셔도 돼요."

신입의 계산법에 만족한 백차장, 흐뭇한 미소를 짓는다.

"아, 온라인 쇼핑몰 들어간 김에 운동화랑 운동복도 사야겠어. 그새 허리 사이즈가 두 치수나 늘어난 거 있지? 운동복 22만 원 클릭, 운동화 15만 원 장바구니 클릭. 허리 운동기구도 있네? 이것도 살까? 32만 원? 내가 원래 준비에 올인하는 스타일이라서. 준비가 완벽해야 운동도 잘되니까."

그때 장부장의 돌직구가 날아들었다.

"백차장, 허리 사이즈 줄일 궁리하지 말고 보고서 빨리 낼 궁리부터 하지 그래? **허리 업~!**"

> 꽃 중의 꽃은 자기 합리花.
> **특히 쇼핑엔 합리화가 꼭 필요하다.**

직장
정글의
법칙

비품만 잘 활용해도
알뜰 재테크

간이 주방으로 들어서던 허대리가 화들짝 놀라며 말했다.

"어머나! 과장님, 아침부터 왜 여기에 들어와 계세요?"

그러자 이과장의 비명이 이어졌다.

"깜짝이야! 그러는 허대리는 아침부터 웬일?"

"저야 컵 닦으러 왔죠. 근데 과장님은 왜 꼭 도둑고양이처럼 걸어 다니세요?"

"뭐라고? 내가 도둑고양이라고?"

벌게진 얼굴의 이과장이 버럭하는 순간 가슴에 품고 있던 것들이 우수수 쏟아졌다.

"으악, 어떡해! 난 몰라. 다 쏟았네. 이게 다 허대리 때문이야!"

이과장이 놀라 소리쳤지만 정작 더 놀란 건 허대리였다.

"아니, 웬 믹스 커피를 그렇게 잔뜩 가지고 나오셨어요?"

"지, 지, 지, 지, 집에 가져가서 먹으려고. 마누라가 연봉 동결됐다고 커피를 안 사줘."

한숨을 쉬던 이과장이 서글픈 표정을 지으며 말까지 더듬었다.

둘의 대화를 들은 백차장이 혀를 차며 다가왔다.

"쯧쯧쯧. 회사에 비치돼 있는 믹스 커피를 훔쳐서 집으로 가져간다고? 정말 지상 최대의 궁상이다."

그 말에 이과장이 발끈하며 말했다.

"참 나, 훔치다뇨? 어차피 제가 회사에서 먹을 거 안 먹고 집에 가서 먹는 건데 그게 왜 훔치는 거예요? 네?"

"그럼 어제 퇴근할 때 A4 용지 한 뭉치를 이과장 가방에 넣은 이유는 뭔데, 뭔데?"

백차장의 날카로운 추궁에 이과장의 얼굴이 터질 듯 시뻘게졌다.

"오해하지 마세요. 집에서 보고서 출력해 오려고 가져간 거예요. 낱장으로 몇 장만 가져가면 구겨질까 봐 통째로."

"그게 더 구차해보여. 차라리 쿨하게 인정하라고."

그때 허대리가 문득 뭔가 떠오른 듯 말했다.

"과장님. 그럼 지난번에 저한테 총무팀에 가서 볼펜 한 박스 받아달라고 하신 것도 설마?"

이과장이 발끈했다.

"에이, 사람을 뭘로 보고! 볼펜이 얼마나 한다고 그걸 내가 가져갔다고 나를 의심하는 거야?"

그때 신입이 놀란 얼굴로 말했다.

"어? 어제 제가 사다놓은 각 티슈가 전부 사라졌어요!"

서류를 출력하려고 프린트 앞에 있던 백차장의 신경질적인 목소리도 연이어 날아들었다.

"뭐야, 여기 누가 프린터 잉크를 빼갔잖아? 이봐 이과장, 믹스커피에 A4 용지, 볼펜에 각 티슈, 이젠 프린터 잉크까지? 그 정도면 횡령 아냐?"

그러자 이과장이 펄쩍 뛰며 말했다.

"억울해요! 잉크는 정말 아녜요. 저는 볼펜이나 각 티슈처럼 티 안 나는 것만 손댄다고요."

> 물, 전기, 종이, 볼펜, 각 티슈는 팀원 모두에게 주어진 공동 자원이다. 직장 생활에서는 물, 전기, 종이 같은 물품 자원뿐 아니라 모두에게 주어지는 기회, 머리를 맞대서 나온 아이디어 같은 **무형의 자원**도 제대로 활용할 줄 알아야 고수가 될 수 있다.

직장
정글의
법칙

11
직장인 사춘기
증후군

신입과 허대리는 아침부터 심상치 않은 사무실 분위기를 살피는 중이다.

이과장이 시무룩하게 앉아 있고, 백차장도 표정이 좋지 않다.

'회사에 무슨 일이 있나? 아침부터 저런 걸 보면 분명 뭔가 큰일이 있는 거야……'

둘이 영문을 몰라 어리둥절해하는 사이, 과장과 차장의 대화가 들려왔다.

먼저 말을 꺼낸 건 이과장이다.

"차장님. 잘 들어보세요. 아침에 눈뜨자마자 회사에 너무너무 가기 싫다는 생각이 든다, 불안 초조하고 쉽게 짜증을 낸다, 사소한 것에 신경이 쓰이고 걱정이 많아진다, 모든 일에 의욕이 떨어지고 귀찮아진다, 모든 것을 놓아버리고 훌쩍 떠나고 싶다, 자괴감에 빠져 괴로워한다, 입맛이 떨어지고 잠을 설친다, 내가 꿈꾸던 인생이 아니라는 생각이 든다, 이렇게 살아야 하나? 하는 회의감이 든다, 이 중에 몇 개나 해당되세요?"

백차장의 짤막한 대답이 이어졌다.

"전부 다."

이과장이 이어서 말했다.

"그럼 차장님은 이미 직장인 사춘기 증후군을 앓고 계신 거예요. 아! 그리고 하나 더 있어요. 이직을 해야 하나? 공부를 해야 하나? 늘 고민한다. 저는 이직 고민은 늘 하는데 공부는 아니에요. 전 학교 때도 공부를 정말 싫어했거든요. 히히."

"난 회사 그만두고 지금이라도 디자인 공부를 해보고 싶어. 디자인은 세상과 소통하는 표현 방식이잖아. 나랑 잘 맞을 것 같아. 뉴욕 파슨스 스쿨 같은 데서 공부하면서 뉴요커랑 연애도 하고, 캬! 생각만 해도 황홀하다. 근데 눈떠보면 항상 회사, 눈앞엔 뉴요커가 아니라 이과장, 허대리, 신입 그리고 부장님뿐이지."

둘의 대화를 듣던 허대리가 슬쩍 다가가 곁에 앉았다.

"휴. 과장님이나 차장님도 그런 고민을 하는군요."

그러자 시큰둥한 말투로 백차장이 말했다.

"직장인 사춘기 증후군을 안 겪는 직장인이 어디 있겠어. 해결책은 그만두는 것뿐인데 그만두면 더 큰 증후군이 찾아오겠지. 백수 증후군."

직장인 사춘기 증후군은 일명 '일하기 싫어' 병으로 통한다.
누구나 겪을 수 있지만 오랫동안 방치하면 결국 사표로 이어진다.
따라서 직장인들에게 사춘기 증후군을 극복하기 위한 노력은 필수다. 전문가들이 권하는 방법은 다양하다. 그중에는 취미 생활을 즐기고 비슷한 고민을 하는 동료들과 술 한잔 기울이며 허심탄회하게 대화를 하는 것도 있다.
가장 좋은 것은 직장인 사춘기 증후군을 이기지 못하고 사표를 던졌을 때 그 후의 상황을 상상하는 것이다. 백수라는 상황을 상상만 해도 식은땀이 난다. 열심히 일해야겠다고 결심하게 된다.
백수 상상은 직장인 사춘기 증후군의 특효약이다.
효과는 좋지만 가슴 아픈 특효약.

직장
정글의
법칙

12

천상천하 유아독존
'아내느님'

허대리가 이과장에게 말했다.

"저 지금 휴대전화 바꾸러 갈 건데 같이 가실래요? 전에 바꾸고 싶다고 하셨잖아요."

"아냐. 혼자 다녀와. 난 못 바꿔. 마누라가 바꾸지 말래."

백차장이 비아냥거린다.

"아니, **마마보이**도 아니고 **마누라보인**가? 아니다. 보이라고 하기엔 너무 늙었지. 암튼 그런 것까지 마누라한테 허락받아야 해?"

이과장이 대답했다.

"**사필귀처**니까요."

"사필귀정이 아니라 사필귀처라고요?"

허대리가 잘못 들었다는 듯 이과장에게 되물었다.

"그래, 사필귀처. 무엇이든 중요한 결정은 처에게 맡기고 처의 결정을 따른다는 뜻이야. **처하태평**이라는 말도 있어. 마누라 치하에 있을 때가 모든 게 평안한 시기라라는 거지. **진인사 대처명**이라는 말은 들어봤어? 모든 건 아내에게 달려 있다는 뜻이지. **지성이면 감처**라는 말처럼 내가 이렇게 지극정성으로 하면 언젠간 집사람이 감동할 날 오겠지. 그런 날이 오면 용돈 좀 올려줬으면 좋겠다."

아내느님의 말씀 "밥 잘 챙겨먹고 아프지 마."
아내느님의 속마음 "돈 벌어와야 하니까 아프면 안 돼."

직장
정글의
법칙

13
푸딩보다
연약한 푸어 poor

이과장이 신입에게 다가오더니 능청스럽게 말했다.

"동전 있으면 나 300원만 주라! 자판기에서 음료수 뽑으려는데 동전이 없네?"

너무나 태연한 이과장의 말에 신입은 한숨을 푹 내쉬고 말했다.

"과장님, 어떻게 두 달이 넘도록 매일 동전이 없으세요? 지난 두 달 동안 출근 후, 점심 먹은 직후, 회의 시간, 이렇게 하루에 세 번씩 꼬박꼬박 음료수 드신다고 저한테 동전 받아가셨잖아요."

무안해진 과장은 "에이, 깍쟁이! 그걸 세고 있었어?" 하고 되물었고 신입이 대답했다.

"세고 있었던 게 아니라 그만큼 규칙적이었던 거죠. 너무하시잖아요. 야근이나 회의 있을 때까지 포함하면 그동안 과장님한테 드린 동전이 5만 원도 넘을걸요? 이 정도면 동전이 없어서가 아니라 절 만만히 보시고 의도적으로 음료수 값을 받아간 거라고 봐야 한다고요."

신입의 말을 들은 이과장이 펄쩍뛰며 손을 내저었다.

"의도적으로 그런 건 정말 아냐. 사실 돈이 없어서 그랬어. 내가 '하우스 푸어'야. 올해 집 장만하면서 대출을 많이 받았거든. 지금 내가 사는 집은 명의만 내 이름이지 은행이랑 공동소유야. 하우스 푸어의 심정을 안 겪어본 사람은 몰라. 빚에 짓눌려 사는 기분. 은행 기둥에 묶여 사는 것 같은 기분."

옆에서 듣고 있던 백차장이 거들었다.

"사실은 나도 '렌트 푸어' 야. 나처럼 전세금 대출을 받고 그 비용 감당하느라 허리가 휘는 사람들을 렌트 푸어라고 하거든."

허대리도 자리에서 고개를 빼꼼 내밀고는 한마디 보탰다.

"전 '카 푸어' 예요. 야근이 하도 많다 보니 지하철이 끊겨서 차를 할부로 샀더니 카 푸어 됐어요. 월급을 받아도 할부금 빠져나가고 나면 정말 휑해요."

그러자 백차장이 말했다.

"난 원래 돈 모아서 세계 일주하는 게 꿈이었는데 렌트 푸어 되면서 은행이자 갚느라 허덕이다보니까 꿈이 점점 멀어지는 기분이야."

이과장도 머리를 긁적이며 씁쓸하게 덧붙였다.

"저도 하우스 푸어 되고 나서는 마음속에서 접은 꿈이 한두 개가 아니에요. 차 바꾸려던 꿈이고 뭐고 다 접었어요."

학생 때는 '꿈은 이루어진다.'
직장인이 되고 나서는 '꿈은 **미**루어진다.'

직장
정글의
법칙

14

야근은 필수,
철야는 선택

퇴근 직전 장부장이 폭풍 업무 지시를 쏟아낸다.

"이과장! 내년 신제품 발표 계획표 좀 다시 짜. 이게 뭐야? 상반기에만 집중돼 있잖아. 오늘 중에 다시 해서 내 책상 위에 올려놓고 퇴근해."

부장이 나가자마자 허대리가 말한다.

"과장님, 오늘도 야근 당첨인데 저녁이나 먹고 할까요?"

그러자 이과장이 시큰둥하게 대답했다.

"배고프면 허대리랑 신입은 나갔다 와. 난 안 먹을래."

"에이, 그러지 말고 나가요. 떡볶이 어떠세요? 스트레스 받아서 그런지 전 매콤한 게 땡기네요."

이과장이 계속 거절하자 허대리가 다시 졸랐다.

"과장님한테 사달라고 할까 봐 그러시죠? 제가 쏠게요."

그러자 이과장이 정색하고 말했다.

"돈 때문에 이러는 게 아냐. 저녁까지 먹고 일하면 야근이 아니라 철야를 하게 될 거 같아서 시간 아끼려고 그래. 커피나 한잔 마시고 일할래. 빨리 끝내야 집에 들어가야지."

"그건 그러네요. 저녁 먹는다고 나갔다 오면 한 시간 후딱 가고, 그럼 야근이 철야 되고……."

씁쓸한 표정으로 시계를 바라보는 허대리에게 신입이 물었다.

"그럼 끼니까지 거르면서 집에도 못 가고 밤낮 없이 일하는 게 직장 생활인가요?"

이과장이 고개를 끄덕이며 아무렇지도 않게 대꾸했다.

"직장 생활이라는 게 다 그래. 남들은 우리더러 넥타이 부대라고, 아침마다 양복 입고 출근하는 게 부럽다지만 사실 넥타이 매고 정글로 들어오는 거잖아."

야근을 밥 먹듯이,
커피를 보약처럼,
업무를 내 몸같이,
회사를 내 집같이 산다.

그래도 내 일이니까.
내 일이 있어서 내일(tomorrow)이 있으니까
전투복을 입고 전투화의 끈을 단단히 조인 채
오늘 아침도 직장 정글로 향한다.
맹수보다 더 무서운 상사와 동료와 고객의 공격에,
언제 떨어질지 모르는 낭떠러지에 위태롭게 서 있는 심정으로
"네버 엔딩" 야근을 하고 있다.

직장
정글의
법칙

내가 말이야.
지금 이 자리에 있기까지
얼마나 고생을 했는지,
요즘 사람들은 알 리가 없어.
나 젊을 때만 해도 눈에 땀이 나도록
야근에 외근에 밤샘에…….
내 얘기 좀 들어볼 텐가?
눈물 없이 들을 수 없는
직장 생활 고난기라고.

월요일의 메뉴는 [백반]

직장인들의 고민 중 하나는 점심 메뉴.

날마다 "오늘은 뭐 먹지?"를 입에 달고 사는 직장인들이 선호하는

메뉴 1위는 줄곧 김치찌개였다.

흰 쌀밥을 찌개 국물과 함께 간단하게 해결할 수 있어 인기였는데,

김치찌개의 6년 왕좌가 2015년에 무너졌다. 취업 포털 사이트 '잡

코리아'가 직장인 2,319명을 대상으로 점심에 관해 조사한 결과
6년 연속 1위를 차지했던 김치찌개(41.7%)가 2위로 내려앉았다.
김치찌개의 자리를 차지한 것은 바로 백반(44.4%).
백반의 매력은 반찬이 매일 바뀐다는 것.
사실 김치찌개가 1위일 때도 직장인들이 많이 선택하는 김치찌개
집은 찌개와 함께 나오는 반찬이 다양하고 맛있는 집이었다. 결국
직장인들이 원하는 건 날마다 바뀌는 새로운 반찬이었다.

부장님 차장님 과장님은
백반집 반찬도 아니면서
부하 직원에게 하는 말이
왜 날마다 바뀔까?

TUESDAY

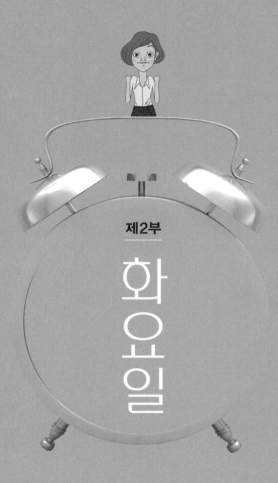

제2부

화요일

01

일찍 일어난 벌레는 잡아먹힌다

오전 8시 30분. 사무실로 들어오는 이과장을 보고 허대리가 반 갑게 인사를 건넸다.

"어? 과장님 평소보다 일찍 출근하셨네요?"

"의도했던 건 아닌데 길이 안 막혀서 30분이나 일찍 출근하게 됐어. 그나저나 허대리는 나보다 일찍 왔네?"

"네. 전 언제나 30분 일찍 와요. 얼리버드라고 할 수 있죠!"

그러자 이과장이 손사래를 치며 말했다.

"에이, 그러지 마. 일찍 일어난 새가 벌레를 잡는다는 말이 다른 데선 통용될지 몰라도 직장에선 달라. 일찍 출근하면 그만큼 더 피곤하다니까. 일찍 출근한 사람은 오히려 잡아먹히기 일쑤야."

그때 장부장의 목소리가 들려왔다.

"허대리! 이리 와서 이 품의서 계산이 맞는지 좀 확인해줘. 9시에 상무님과 회의해야 하는데, 합계가 안 맞는 거 같아."

옆에서 듣고 있던 이과장이 말했다.

"거봐. 내 말이 맞지? 일찍 출근하면 그만큼 일이 늘어나. 피곤이 가중된다니까."

"

구인구직 사이트 '벼룩시장'이 남녀 직장인 690명을 대상으로 조사한 결과, 44.3퍼센트가 지금 다니는 회사의 공식적인 출근 시간은 오전 9시라고 대답했다. 하지만 그중 과반수가 공식 출근 시간보다 더 빨리 출근한다고 응답해 '얼리버드족'인 것으로 드러났다.

조기 출근 이유로는 '교통 체증, 대중교통의 혼잡을 피하려고'가 가장 많았고 '일찍 출근하는 상사나 회사의 관습에 의해', '회사에서 진행하는 조례 또는 회의 등에 참여해야 해서'가 뒤를 이었다.

결국 얼리버드가 된 이유는 자의가 아니라 타의였다. 타의에 의해 일찍 출근하는 얼리버드 덕에, 회사는 타의 추종을 불허하는 기업이 될 수 있었던 건지도 모른다.

직장
정글의
법칙

02

보고서는
타이밍이 생명이다

신입이 내민 매출 보고서를 본 부장이 노발대발했다.

"이걸 보고서라고 낸 거야?"

"최선을 다했습니다."라고 신입이 대답하니 부장은 또 한 번 비수를 꽂았다.

"최선? 여기가 학교야? 내가 언제 최선을 다하랬나? 최상을 뽑아내랬지. 어떻게 된 게 보고서 내용이 매일 똑같지? 21세기는 창의력으로 승부하는 시대야. 좀 더 창의적으로 생각해서 보고서를 작성할 순 없나?"

신입은 궁금했다. 매출 보고서에는 온통 숫자뿐인데 어떤 부분을 창의적으로 해야 할지 정말이지 답답해 미칠 노릇이었다.

다음 날.

보고서를 수정했느냐고 묻는 부장의 채근에 어쩔 수 없이 신입이 수정 보고서를 내밀었다.

그런데 부장의 낯빛이 어두웠다.

"아이고 속 터져. 이봐, 신입. 그냥 하던 대로 하면 중간이나 가지 이게 뭐야, 어제보다 더 나빠졌잖아?"

신입이 잔뜩 기죽어서 기어드는 목소리로 물었다.

"어제 부장님이 창의적으로 해보라고 하셔서 보고서 포맷도 바꾸고 수치 표시 그래프도 좀 바꿔봤는데 이상한가요?"

부장이 득달같이 대답했다.

"이상해. 아주 많이 이상해! 이상할 뿐 아니라 유치해!"

신입은 낙심했다.

'숫자가 똑같아서 같은 보고서 올리면 창의력 없다고 하고 포맷 바꿔서 올리면 이상하고 유치하다고 하고. 도대체 어느 장단에 춤을 추라는 거야?'

잔뜩 풀이 죽어 있는 신입에게 과장이 와서 말했다.

"신입, 어제랑 오늘 부장님이 좀 신경질적인 거 같지 않아? 아직 잘 모르는 모양인데 보고서 제출은 타이밍이 생명이야. 처음에 써놓은 보고서 그대로 가지고 있다가 부장님 기분 좋을 때 내밀어. 그럼 패스될 거야."

"네? 부장님 기분을 보고 있다가 제출하라고요?"

"아이고 답답해. 이렇게 사회생활의 기술이 없어서야 원. 저 소리 안 들려?"

신입이 귀를 기울여보니 복도에서 부장이 통화하는 소리가 들렸다. 부부 싸움을 하는지 분위기가 심상치 않은 듯했다.

보고서 제출도 상사의 기분을 살펴야 하는 것이었다.

"그것봐, 부장님의 기분이 좋을 리 없지?"

"보고서 평가가 상사의 기분에 따라 달라지는군요. 앞으로는 제출하기 전에 부장님 기분부터 살펴야겠네요."

신입이 깊은 한숨을 내쉬자, 이과장이 어깨를 토닥이며 위로의 말을 덧붙였다.

"다들 말로는 가족 같은 분위기의 회사가 좋다고들 하지? 하지만 현실에선 말이야, 상사의 가족이 분위기를 좌우한다고."

불시불식. (不時不食). 공자는 때가 아니면 먹지도 않는다고 했다. 그만큼 타이밍은 중요하다. 평소에 좋아하던 음식도 배가 부를 땐 맛없게 느껴지는 것처럼 같은 아이디어, 같은 보고서도 언제 내미느냐에 따라 반응은 다를 수밖에 없다.

보고서 제출 타이밍 선택에 도움이 될 만한 연구 결과가 있다.

프랑스의 심리학자 바버라 브라이어스가 대학생 70명을 대상으로 실험한 결과, 상대가 부탁이나 요청을 가장 잘 받아들이는 시간은 오후 1시인 것으로 드러났다. 다시 말해 점심시간 직후다. 사람은 배가 부르면 웬만한 일에는 화를 내거나 반대를 하지 않기 때문이다.

포만감은 사람을 관대하게 만든다는 것이 수많은 심리학자들의 연구 결과다. 보고서를 들고 상사에게 가야 한다면 오후 1시를 공략해볼 일이다.

직장
정글의
법칙

03

부장님은
'남아' 선호사상자

"허대리, 어제 내가 아침까지 달라고 한 자료 왜 안 줘?"

장부장이 출근하자마자 허대리에게 외쳤다.

이를 보고 가만있을 리 없는 백차장, 장부장에게 한마디 한다.

"부장님, 허대리는 지금 막 출근했거든요? 컴퓨터를 켜야 자료를 드리죠. 빌 게이츠도 그렇게 빨리는 못 켜요."

"아니, 내가 오늘 아침까지 달랬으면 어제 퇴근할 때 내 자리에 올려놓고 갔어야지. 안 그래?"

장부장이 아랑곳하지 않자, 백차장이 한층 더 목소리를 키웠다.

"그럼 어제 부장님이 지시하실 때 '내일 내가 출근하기 전까지 줘.'라고 하셨어야죠. 아침까지라고 하셨으면 기다리세요. 아직 아침이잖아요.”

장부장은 연신 못마땅하다는 표정이다.

“아이고, 속 터져! 허대리 아직도 컴퓨터 부팅 안 됐어? 컴퓨터도 허대리 닮아서 느려터진 거 아냐?”

“지금 됐어요. 이제 출력 누르기만 하면 돼요.”

하지만 여전히 마음 급한 장부장이 이번엔 이과장에게 다가가 물었다.

“이과장, 신제품 모니터 보고서는 언제 줄 거야?”

이과장이 난감한 표정을 숨기기 않고 장부장을 바라봤다.

“오늘까지라고 하셨잖아요. 퇴근 전까지 드리려고 준비 중인데요?”

이과장의 말이 다 끝나기도 전에 장부장이 못 참고 덧붙였다.

“그럼 안 되지. 오늘 3시에 내가 그거 가지고 상무님 방에 보고하러 가야 하는데 빨리 줘.”

이과장도 답답하긴 마찬가지다.

“아이 참, 그럼 미리 말씀을 하셨어야죠.”

“어제 말했잖아. 내일까지 달라고.”

이과장의 불만이 폭발했다.

“부장님. 그러실 거면 어제 ‘낼 오전까지 줘.’ 아니면 ‘낼 3시전에 줘.’ 이렇게 정확하게 말씀하셨어야죠.”

백차장도 거든다.

"부장님, 제발 확실한 시간을 지정해주세요."

그때 허대리가 제출한 보고서를 보던 장부장이 버럭 소리를 쳤다.

"허대리, 자료가 이게 뭔가? 장난해? 장난하냐고!"

"부장님이 해외 마케팅 자료 찾으라고 하셔서 찾았는데 뭐가 문젠가요?"

그러자 장부장이 말했다.

"해외 마케팅 사례 중에서 성공한 것만 골라서 줘야지 실패 사례까지 다 주면 어떡해? 이걸 언제 다 봐? 내가 이럴 줄 알았어."

"아, 저는 실패 사례에서도 배울 점이 있는 거 같아서. 죄송합니다. 다시 정리해서 드릴게요. 근데 이럴 줄 아셨으면 미리 말씀 좀 해주시지."

백차장이 맞장구를 친다.

"맞아요, 부장님. 그럼 처음부터 허대리한테 해외 마케팅 성공 사례만 찾으라고 명확하게 지시하셨어야죠."

순간 불길한 예감이 스친 이과장이 중얼거렸다.

"으악, 큰일이다. 부장님이 애매하게 지시하시는 게 어제오늘 일이 아닌데 오늘따라 차장님은 왜 저렇게 또박또박 말대답을 하지? 저러면 부장님의 남아 선호 사상이 튀어나오는데…… 으아아아악!"

신입이 의아해하며 물었다.

"남아 선호 사상요? 21세기에 웬 남아 선호 사상?"

그때 장부장이 말했다.

"안 되겠어. 다들 말귀를 못 알아들으니 오늘 다들 남아."

이과장이 절규했다.

"으악, 또 남아? 오늘도 야근이다. 차장님, 왜 자꾸 말대답은 해가지고. 엉엉엉."

그러자 백차장이 말했다.

"왜? 내가 왜 참아야 하는데? 엉?"

그러자 이과장이 말했다.

"차장님은 직장인 명언도 몰라요? 참고 참고 또 참으면 참나무가 된다. 상사는 부하 직원이 참나무가 되길 원한다고요. 아직도 몰라요?"

"

세상엔 참지 말아야할 화(火)도 있지만 직장에선 화를 참아야할 때가 더 많다. 얼마나 많으면 '참을 인 자가 세 번이면 인절미가 된다.'는 말이 있을 정도다. 세 번 참으면 떡 된다는 뜻.

재밌는 것은 화에도 수명이 있다는 사실!

미국의 뇌과학자 질 테일러 박사는, '부정적 생각이나 감정의 자연적 수명은 90초이다. 우리가 화를 내는 순간 스트레스 호르몬이 온몸의 혈관을 타고 퍼져 나가는데, 90초가 지나면 저절로 완전히 사라진다.'고 했다. 불도 꺼질 때가 있는 것처럼 지금 활활 타오르고 있는 화나 부정적인 감정도 90초가 지나면 차갑게 식어버릴지도 모른다.

직장
정글의
법칙

04

그들의 밤은
낮보다 **짜릿**하다

아침부터 이과장이 수상하다. 눈은 벌겋게 충혈이 된 데다, 5초 간격으로 연신 하품을 하고 있다.

그 모습을 유심히 보던 백차장이 이과장에게 다가갔다.

"이과장, 대체 밤에 뭐 한 거야?"

"아, 저, 그게 실은⋯⋯."

이과장이 말하려고 하자 허대리가 급하게 나섰다.

"과장님, 제가 커피 사다드릴까요?"

"커피? 좋지! 비싼 걸로 먹어도 돼? 아주 비싼 거?"

"그럼요. 제일 비싼 걸로 드세요."

둘의 대화를 듣고 아무래도 수상한 생각이 든 백차장이 신입에게 두 사람의 관계를 알아보라고 시켰다.

잠시 후 허대리는 이과장에게 아이스 모카라떼를 사줬고 이과장이 은밀히 말했다.

"허대리. 새벽에 내가 보낸 하트, 내 마음 잘 받았어?"

둘의 대화를 엿들은 신입은 "아무래도 두 분이 부적절한 관계인 거 같아요. 불륜인가 봐!" 하고 말했다.

그러자 백차장이 "으이그, 바보." 하고 픽 웃더니 허대리에게 다짜고짜 물었다.

"허대리, 요즘도 새벽에 안 자고 모바일 게임 해?"

허대리는 소스라치게 놀라며 백차장을 바라봤다.

"어, 어, 어, 어떻게 아셨어요, 차장님? 사실 처음엔 게임하다가 새벽에 하트 보내달라고 하고, 돈 주고 아이템 사는 사람들, 정말 이해가 안 갔는데요. 이게 경쟁이 붙고 등수가 나오니까 눈에 불을 켜고 하게 되더라고요. 기록이 깨질수록 눈이 뒤집혀서 집착하게 되고 결국 제가 쓰레기가 된 것 같은 기분이 드는데도 멈출수가 없어요."

그러자 백차장이 혀를 차며 말했다.

"아이고, 한심해. 난 게임 때문에 일상생활이 엉망이 되는 사람이 제일 한심하더라."

듣고 있던 이과장이 억울하다는 표정을 지으며 말했다.

"차장님, 모바일 게임을 해보지 않았으면 함부로 말하지 마세요. 게임을 해본 사람들만 아는 세계가 따로 있다고요, 우이씨."

때마침 전화가 왔다. 조심스레 통화하던 백차장이 갑자기 빽 소리를 질렀다.

"뭐라고? 내가 만렙 찍으려고 쓴 돈이 얼만데? 꼬박 사흘 밤을 샜는데 그걸 누가 깼다고? 아이디 핑크공주? 가만 안 두겠쓰~!"

백차장의 통화를 듣던 이과장이 어안이 벙벙한 얼굴로 펄쩍 뛰었다.

"핑크공주? 그거 난데? 그럼 설마…… 차장님이 독고마녀?"

취업 포털 '인크루트'가 직장인 315명에게 설문 조사를 실시한 결과, 컴퓨터 및 모바일 게임 등 온라인 게임을 즐겨 하는 편이라고 대답한 사람이 71.4퍼센트나 됐다. 직장인 10명 중 7명은 평소 온라인 게임을 활발하게 하는 것이다.

아메리카 원주민의 속담 중에 '그 사람의 모카신을 신고 1마일을 걸어보기 전에는 그 사람을 비난하지 말라'는 말이 있다. 실제 그 사람의 입장이 되어보지 않고서는 누군가를 함부로 비난해서는 안 된다. 온라인 게임을 즐기는 사람들에겐 해본 사람들만이 아는 그들만의 리그가 있기 때문이다.

직장
정글의
법칙

업무보다 힘든
점심 메뉴 결정

신입은 점심시간이 두렵다.

선배들이 오늘은 뭐 먹을 거냐고 묻기 때문이다.

막내가 메뉴를 골라놓는 건 마케팅팀의 오랜 전통이라고 했다.
국밥을 고르면 날씨는 고려하지 않느냐는 핀잔이 이어지고 김치
찌개를 골랐다고 하면 집에서 맨날 먹는 거 나와서 또 먹느냐고
투덜대기 일쑤.

청국장은 냄새나서 안 되고 된장찌개 잘하는 집은 손님이 많아
서 매번 줄 서야 하니까 안 되고 칼국수는 밀가루 음식이라 싫단
다. 도대체 뭘 먹자는 건지.

이 와중에 개성 강한 백차장이 한술 더 뜬다.

"먹기 싫은 메뉴를 먹기 싫은 사람과 같이 먹으면서, 내 돈을 내야 하는 고역이 팀 점심이야. 정말 짜증 나. 난 스파게티를 먹고 싶다고."

휴, 대체 어쩌라는 건지!

아저씨들은 느끼한 음식을 싫어하고 탕 종류를 좋아한다기에 백차장 눈치 보이는데도 불구하고 동태탕 어떠냐고 했더니, 이과장이 딴지를 건다. 요즘 동태는 국산이 별로 없어서 먹기 싫다나? 아는 것도 참 많다. 그럼 각자 알아서 고를 것이지 왜 신입에게 시키는 걸까? 하지만 이미 부장의 지시는 떨어졌다.

"신입이 일주일 치 아니, 한 달 치 메뉴 정해놔."

신입은 고민을 거듭한 끝에 한 달 치 메뉴를 정했고 선배들의 눈치를 보며 내놓았다.

다음 날 점심시간, 어김없이 선배들의 압박이 시작됐다.

"자, 점심 먹으러 가야지."

"오늘은 뭐 먹을까?"

선배들의 말에 신입이 의기양양하게 말했다.

"제가 식사 계획표 짜서 게시판에 붙여놨어요. 오늘은 불고기백반이고 참고로 내일은 오징어찌개, 모레는 생선구이, 글피는 볶음밥입니다!"

그때 이과장이 냉큼 나섰다.

"부장님, 어제 과음하셨는데 아무래도 오늘은 해장국이 좋지 않을까요?"

백차장이 "또 해장국이야? 어제도 먹었잖아. 차라리 오늘은 된장찌개 어때요?" 하고 제안했지만 부장은 끄떡도 하지 않았다.

"직원들이 원하면 원하는 대로 가야지. 자, 이과장 말대로 해장국 먹으러 가지."

어차피 이럴 거 괜한 짓을 했다 싶어 신입은 속이 부글부글 끓어오른다.

'어제도 해장국 그제도 해장국 먹었는데 매번 이럴 거면 왜 날더러 메뉴를 정하라고 한 거야?'

그때 마치 신입의 속마음을 꿰뚫어보기라도 했다는 듯 부장의 한마디가 이어진다.

"우리의 소원은 통일이고, 우리 팀의 원칙은 점심 메뉴 통일이야. 알았나?"

사람들이 가장 많이 하는 고민 1위가 '오늘은 뭘 먹을까?' 라고 한다. 많은 사람들이 고민하는 만큼 결정하기가 쉽지 않아서 매번 망설이게 되는데 이런 증세를 일명 '결정 장애' 라고 한다.

현대인의 대다수가 겪는 결정 장애는 '햄릿 증후군' 이라고도 불리는데, 선택의 기회가 늘어나면서 생겼다고 볼 수 있다.

살다보면 사소하게는 메뉴부터 크게는 인생을 바꿀 이직까지, 싫든 좋든 뭐든 선택해야 하는 순간이 온다.

갈등하는 시간을 줄이고 결정 장애를 극복하기 위해서는 원칙을 정해놓을 필요가 있다. 원칙은 자신이 가장 중요하게 생각하는 것이다. 메뉴를 선택할 땐 다양성이 중요한지 전날 숙취 여부가 중요한지 웰빙이 최고의 가치인지 아니면 상사의 취향인지, 그 원칙만 확실하게 정해놓으면 매번 선택의 기로에서 서성이는 시간을 줄일 수 있다.

직장
정글의
법칙

06

고래 싸움에
속 터진다

이른 아침, 장부장이 거래처와 통화하고 있다.

"사장님, 제가 허대리가 올린 견적서를 봤는데요. 이거 너무하신 거 아닙니까? 요즘 같은 불경기에 단가가 너무 높잖아요. 암튼 이렇게는 못 드립니다. 확 깎아서 다시 보내세요."

장부장이 전화를 끊자마자 허대리가 달려왔다.

"부장님. 거래처에서 이번에 저희 신제품 포장지를 새로 개발하면서 비용이 많이 들었나 봐요. 어쩔 수 없지만 저희가……"

그러자 장부장이 허대리의 말허리를 뚝 자르며 말했다.

"허대리는 도대체 어느 회사 직원이야? 거래처 사정 다 봐주다가는 우리 회사가 망해."

"그게, 포장지를 새로운 재질로 만든 건 사실이고 요즘 경기 안 좋다고 그쪽 사장님도 계속 하소연을 하셔서요."

허대리의 말을 듣고 있던 장부장이 결국 화가 폭발한 듯 언성을 높였다.

"허대리는 회사가 자선사업 단체인 줄 아나? 정신 차려."

자리에 돌아온 허대리에게 때마침 전화가 걸려왔다.

방금 부장과 통화한 거래처 사장이다. 거래처 사장의 통사정이 시작됐다. 나한테 왜 이러냐, 믿을 사람 허대리밖에 없다…….

허대리는 자기는 아무런 힘이 없다고 말하면서, 죄송하다고 연신 말했지만 거래처 사장은 막무가내다. 하루이틀 거래한 사이도 아닌데 부장님을 좀 설득해달라면서, 통사정 끝에는 양보를 안 해 주면 납품을 끊겠다는 최후통첩까지 했다.

쩔쩔매며 전화를 받는 허대리를 보다 못한 장부장의 불호령이 떨어졌다.

"허대리! 지금 뭐하는 거야? 거래처 입장 들어주라고 회사에서 월급 주는 줄 알아? 납품가를 깎지 못하겠으면 납품하지 말라고 그래. 그리고 여기 원료 대금은 왜 이래? 콩 값 올랐어?"

허대리가 고개를 끄덕이며 조심스레 대답했다.

"네. 그건 유기농으로 재배한 콩이라서 작년보다 가격이 좀 높게 책정됐다고 하더라고요."

"당장 전화해서 가격 낮추라고 해. 유기농 콩을 여기서만 납품하는 것도 아닌데 왜 이렇게 비싸?"

"올해는 유기농 작황이 안 좋대요."

"이봐, 허대리. 당신 어느 회사 직원이야?"

어쩌라고!
나더러 어쩌라고!
여기서 치이고,
저기서 치이고.
처량한 내 신세!

고래 싸움은 새우 등을 터지게 하고,
상사와 거래처의 줄다리기는
사이에 낀 사람의 속을 터지게 하고,
나아가서는 한숨과 주름살이 깊어지게 만든다.

직장
정글의
법칙

07

고생 끝에
낙이 올까?

나른한 오후, 장부장이 말했다.

"다들 모여봐. 회의 좀 하지."

이과장이 구시렁댄다.

"부장님은 정말 회의(會議)주의자야. 툭하면 회의하재."

팀원들이 모이자 장부장이 탁자를 탁 치고는 힘주어 입을 연다.

"자, 내년 신제품 개발 아이디어 좀 꺼내 봐!"

백차장은 속으로 생각했다.

'아니, 우리가 자판기야? 뭘 맨날 꺼내래? 꺼내라고 할 거면 동전이라도 넣어주든가.'

다들 눈을 내리깔고 부장의 시선을 피했다. 아이디어라는 게 잘

해도 본전 뽑기 힘들다는 건 모두 잘 알기 때문이다.

그때 허대리가 자신 있게 자원했다.

"그럼 제가 보고서로 작성해서 제출해보겠습니다."

"그래? 그럼 이번 주 안에 초안 작성해서 올려봐."

부장의 말에 놀란 허대리가 되물었다.

"네? 오늘이 화요일인데 이번 주라고 하시면…… 사흘만에 올리라고요?"

부장이 아무렇지도 않게 대꾸했다.

"그래? 그럼 내일까지 낼 수 있겠어?"

허대리는 당황해서 "아닙니다. 금요일까지 제출하겠습니다."라고 말했다. 얼결에 대답은 했지만 걱정이 태산인 얼굴이다.

다음 날 아침.

이과장이 출근하자마자 허대리를 보며 물었다.

"어? 허대리, 어제 사무실에서 밤샜어?"

"네. 신제품 개발 아이디어 보고서 작성하느라고요."

"맙소사. 그거 내일모레까지잖아. 내일쯤 새야지 벌써 새기 시작하면 어떡해. 직장인 명언에도 나오잖아? 내일 해도 되는 일을 굳이 오늘 할 필요는 없다!"

허대리가 한숨을 쉬며 말했다.

"내일 해도 되는 일을 굳이 당겨서 하면 수정할 일이 많아지겠죠. 근데 마음이 불편해서 어쩔 수 없었어요. 그래도 밤샌 덕에 대충 초안은 잡았어요."

그때 장부장이 들어와서 말했다.

"허대리! 내년 신제품 개발 아이디어 말이야. 그거 다음 주 월요일까지 제출하도록. 내가 금요일에 온종일 외근이라 검토할 시간이 없겠어."

이과장이 말했다.

"거봐, 제출 기한이 미뤄졌잖아. 내일 할 일을 굳이 당겨서 할 필요 없다니까."

다음 날 아침, 이과장이 허대리에게 물었다.

"허대리, 설마 또 밤샜어? 며칠 남았잖아?"

"네. 초조하고 불안해서 퇴근을 못 하겠어요."

이과장이 딱하다는 표정으로 허대리를 쳐다보며 말했다.

"허대리, **고생 끝에 골병든다**는 말도 몰라? 그렇게 일한다고 누가 알아주는 줄 알아? 쓸모없어지면 가차 없이 버려질걸? 제발 눈치껏 좀 일해."

"아는데 그게 잘 안 돼서요. 그럼 저 보고서 쓰는 거 도와주실래요?"

그러자 이과장이 도리도리 고개를 내저었다.

"요즘 명언 중에 이런 게 있어. 나까지 나설 필요는 없다. 직장인들에겐 그게 진리야."

최선을 다하는 것도 중요하지만,
센스 있게 요령껏 일해야
지치지 않는 법!

"

직장에선 고생 끝에 골병들고 헌신하면 헌신짝 된다.

직장
정글의
법칙

08

6시 10분 전

장부장이 말하는 속도가 빨라졌다. 팀원들은 하나같이 불안하고 초조한 얼굴이다.

"자, 다들 모여봐. 백차장은 신규 매장 도면 검토하고 수정할 데 찾아서 보고서로 제출하고, 이과장은 신제품 홍보 아이디어 팀원들 의견을 수렴해서 보고서로 작성하고, 허대리는 신제품 미각 테스트 결과 정리해서 보고하고, 신입은 지난여름에 출시한 제품 재고 품목별로 조사해서 오늘 안에 제출하도록!"

부장의 말이 끝난 시간을 보니 역시 퇴근 시간 10분 전.

이과장의 절규가 이어졌다.

"부장님, 지금 5시 50분이라고요."

"근데? 내가 시계 볼 줄 모를까 봐 가르쳐주는 거야?"

"퇴근 시간 10분 전에 일 시키시는 거 한두 번도 아니고 정말 너무하세요. 야근하라는 거잖아요."

그러자 부장은 천연덕스럽게 대꾸한다.

"다들 알지? 내가 야근하라고 할 땐 남아라고 하는 거. 오늘 난 야근하라고 한 적 없어. 다들 능력껏 일하고 가."

부장이 자리를 떠나고, 팀원들의 불만이 우수수 쏟아졌다.

"지금 지시하신 업무를 어떻게 10분 안에 다 해요?"

"진짜 부장님 너무하신다!"

"능력껏 일하고 가라니 퇴근하지 말라는 말보다 더하네."

빗발치는 불만을 뒤로하고 백차장이 핸드백을 챙겨들고 자리에서 일어났다.

"어? 차장님, 어디 가세요? 야근 안 하세요?"

"이런 게 바로 능력이야. 직장에선 속도도 능력인 거 몰라? 능력 없는 사람이 꼭 야근하더라. 난 먼저 들어갈 테니까 다들 속도 좀 내."

허대리가 길게 한숨을 쉬며 말했다.

"휴, 정말 큰일이네요. 신제품 미각 테스트 결과는 분량이 방대하던데. 전 아무래도 밤새겠어요."

답답하기는 신입도 마찬가지다.

"저도 재고 조사 다 하려면 한두 시간으로는 어림도 없어요. 야근이 아니라 철야를 할 것 같아요. 아니, 매번 이런 식이면 사규에 정해놓은 근무 시간이 무슨 의미가 있어요?"

그러자 이과장이 말했다.

"이게 어디 한두 번인가? 정해진 건 출근 시간뿐이지 퇴근 시간은 정해져 있지 않은 곳이 회사잖아."

출근 시간은 안 지키면 욕먹고 퇴근 시간은 지키면 욕먹는다.

직장
정글의
법칙

09

쿠폰은
진리입니다

계속되는 야근에 다들 지쳐갈 때쯤 이과장이 장부장에게 투덜
댔다.

"야근을 시키더라도 저녁은 좀 먹여주셔야 하는 거 아닙니까?"

그러자 부장이 대수롭지 않다는 듯 외쳤다.

"좋아, 중국집에 주문해. 난 짬뽕!"

"아이 참. 그럼 우리 모두 다 짬뽕과 짜장면 중에 골라야 되잖
아요. 짜증 나. 부장님, 요리 하나만 시키면 안 돼요?"

부장은 이과장의 요청을 단칼에 잘랐다.

"요리? 시켜. 대신 돈은 요리 시킨 사람이 내."

그때 허대리가 눈을 반짝이며 말했다.

"맞다! 저 중국집 쿠폰 모아놓은 거 있어요."

모두의 시선이 허대리에게 꽂혔고 이내 감사의 눈빛으로 바뀌었다.

"아이고. 우리 팀의 보배, 허대리가 큰일 했네. 그걸로 탕수육 시키자."

잠시 후 탕수육이 도착하자 이과장이 무척 흥분했다.

"야, 이게 얼마 만에 보는 고기냐! 반갑다, 고기야!"

그러더니 소스를 고기 위에 부으려는 허대리를 말렸다.

"허대리, 설마 **부먹파**였어?"

"그게 무슨 말씀이세요?"

"부먹 몰라? 탕수육에 소스 부어 먹는 부먹파냐고. 나처럼 맛을 아는 사람들은 절대 소스를 부어먹지 않아. 탕수육 먹을 땐 찍먹이 최고지. 난 소스에 찍어 먹는 **찍먹파**야. 허대리처럼 개념 없이 소스를 들이부으면 튀김옷의 바삭함이 사라지고 퉁퉁 불어."

이과장과 허대리가 부먹이냐 찍먹이냐를 놓고 옥신각신하는 동안 백차장이 말했다.

"탕수육 다 먹고 나면 커피 생각날 거야. 다들 한 잔씩 주문해, 내가 쏠게."

백차장의 말에 아메리카노, 바닐라라떼, 카라멜마키아또 등 모두 한마음으로 즐겁게 희망 메뉴를 외쳤다.

백차장은 신입에게 카드가 아닌 쿠폰을 건네며 말했다.

"자, 이 쿠폰 가져가면 공짜로 커피 줄 거야. 다녀와."

탕수육을 먹는 방식도 다르고 커피 취향도 전혀 다르지만 쿠폰 앞에서만큼은 대동단결하는 게 직장인이다.

직장 생활의
묘미가
바로 이런 거
아니겠어요?!

주부들이 제일 좋아하는 밥은`?

남이 해준 밥

전 국민이 좋아하는 커피는`?

쿠폰으로 산 커피.

공짜는 뭐든 맛있다.

비용을 치르지 않아도 된다고 생각하면 이상하게도 더 달콤하고 더 행복하다. 그래서 직장인들은 오늘도 쿠폰을 모은다. 지갑이 초고도비만이 되도록.

직장
정글의
법칙

10

가만히 있으면
가마니?

연말이 되니 부서 분위기가 어수선해졌다. 정산할 것도 많지만 가장 큰 문제는 업무 평가.

상사한테 평가받는 거야 익숙한 일이지만 자기 평가를 해야 한다는 게 부담스럽다. 신입이 자기 평가가 뭐냐고 물으니 백차장이 퉁명스럽게 대답한다.

"입으로만 알려고 하지 말고, 사내 전산 시스템에 들어가서 공부 좀 해."

연말 직장인들의 최대 관심사는 인사 고과. 마케팅팀에서는 인사고과를 팀장 평가뿐 아니라 스스로도 평가하고 동료도 평가하는 '다면 평가 제도'를 실시하고 있다.

　자신의 업무능력을 스스로 평가해서 점수로 매긴다는 게 그야 말로 부담 백배다. 항목도 제법 여러 가지다. 팀 내 소통, 자기 관리 등 여러 가지 항목을 고려해서 A부터 E까지 본인이 스스로를 평가하라는데, 신입에겐 정말 어려운 일이다.

　업무 평가 점수 제출 후 신입이 말했다.

　"모든 면에서 A를 받는다면 슈퍼맨인데 그런 사람이 존재할까요? 저는 어려서부터 겸손이 미덕이라고 배워서요. 자기 평가에선 모두 C를 줬어요."

　이과장이 우려 섞인 목소리로 말했다.

　"스스로 C라고 하면 자신 없어 보여서 상사가 좋은 점수를 줄수가 없지."

　신입이 위축된 목소리로 말했다.

　"그렇다고 막내인 제가 A 받을 정돈 아닌 거 같아서."

　이과장은 "그래도 A라고 했어야지. 그걸 말로 해야 아냐? 이번 고과에선 신입이 바닥을 깔아주겠네." 하고 웃었다.

　신입이 물었다.

　"그럼 과장님도 A 주셨어요?"

　"당연하지."

　신입이 또 물었다.

　"차장님도요?"

"당연한 거 아냐? 난 A급 인재니까."

이과장이 뒤에서 속삭였다.

"차장님은 아마 속옷도 A컵일걸?"

백차장이 앙칼지게 되물었다.

"뭐라고? 지금 뭐라고 했지?"

이과장이 서둘러 수습한다.

"차장님은 정말 A급 인재시라고요."

"그래? 그럼 A급 인재로서 조언해줄 테니 잘 들어봐. 직장 생활에선 겸손은 필요 없어. 어느 정도 자기과시를 해줘야 살아남을 수 있다고. 그리고 이번에 승진 대상자들이 인사 고과 잘 받을 거야. 그건 팀장 입장에서 어쩔 수 없는 선택이니까."

불공평하다는 볼멘소리에 부장의 한마디가 날아들었다.

"어디서 공평을 찾아? 공평은 투표할 때나 적용되는 거지. 원래 불공평한 게 직장 생활이고 인생이야, 알았나?"

직장에선 가만히 있으면 가마니 취급을 받는다.
적당한 과시가 필요한 순간이 분명 있다.

직장
정글의
법칙

11

직장인들이
가장 두려워하는 말

커피를 타오던 이과장이 허대리에게 물었다.

"허대리, 표정이 왜 그렇게 어두워?"

"아……. 실은 제가 오늘 아침에 입사 동기인 총무팀 김대리를 만났는데요. 부장님이 '나랑 차 한잔 하지.' 그러면서 따로 불러내서는 곧 지방으로 발령날 거라고 했대요. 그동안 업무 능력이 저조했는데 참고 봐오다가 도저히 안 되겠어서 그랬다고 했다지 뭐예요."

"그래? 총무팀 김대리는 일을 못하는 편은 아닌데?"

"저도 그렇게 생각하는데 부장님 생각은 달랐나 봐요. 그 얘기 들고 나니까 이젠 부장님이 저보고 '나랑 차나 한잔 하지.' 이러실까 봐 두려워요."

이과장도 맞장구를 쳤다.

"하긴 나도 월차 내고 하루 쉰다고 부장님한테 갔을 때 '이과
장, 월차 낸다고? 아프다고? 아프면 이참에 쭉 쉬지 그래.' 이럴

까 봐 속으로 덜덜 떨었어."

서류를 복사하던 백차장도 한마디 보탰다.

"그거보다 더 기분 나쁜 건 쉬고 온 다음 날이야. '백차장. 어제 어디 갔었나? 하루 자리를 비워도 티가 안 나네. 전혀 지장이 없어.' 그러시면 '내가 이렇게까지 존재감이 없을까? 이러다 필요 없는 인력으로 평가받아서 버려지는 건 아닐까?' 별별 생각이 다 들면서 등골이 서늘해지더라니까."

이과장이 손뼉을 치며 동의했다.

"영업하는 제 동기는 부장이 하는 말 중에 '월말 마감해야지. 이번 달엔 실적 누가 1등이야?' 이게 제일 무섭대요."

"나는 부장님 하는 말 중에 '오늘 다들 남아. 야근이야.' 이것도 무서워. 저녁 약속 있는 날은 정말 미치겠어."

백차장의 말이 끝나기 무섭게 신입도 거들었다.

"전 사실 매주 일요일 저녁에 무서운 말을 들어요. **내일이 월요일이다.** 이거보다 무서운 말이 어딨어요?"

그때 자리에 돌아온 장부장이 팀원들에게 말했다.

"자, 다들 모였지? 이과장 백차장, 오늘 남아! 야근이야. 허대리, 나랑 차 한잔 하지. 그리고 신입은 오늘도 내일도 월요일이야. 알고 있지?"

신입의 요일은 월월월월월월월.
직장인들의 요일은 워워워워워월화와아아수우우모옥금퇼.
그렇게 느리게 가던 월화수목금.
눈 깜짝할 새에 가버리는 주말.

직장
정글의
법칙

12

바야흐로
연봉 협상의 계절

사내 인트라넷을 바라보던 백차장이 바람 빠지는 소리를 냈다.

"아, 힘 빠져. 올해 연봉은 최대 2퍼센트 인상이래. 그것도 실적에 따라서라는 단서가 붙었으니까 이건 뭐 거의 동결이라고 봐야지. 물가는 모르는데 연봉만 제자리걸음이네."

이과장이 기다렸다는 듯이 맞장구를 쳤다.

"제 말이 그 말이에요. 우리 마누라는 벌써부터 내년엔 월급 얼마나 오를지 궁금해하는데, 진짜 미~추어~버리겠어요!"

신입이 의아해하며 물었다.

"그럼 연봉이 안 오른다는 얘기인 거예요?"

"오르는 사람도 있고 아닌 사람도 있겠지. 연봉 협상의 계절이 오니까 마음이 뒤숭숭하네.”

한숨을 쉬며 허대리가 대답했다.

신입이 물었다.

“연봉 협상은 어떻게 하는 거예요?”

백차장이 설명한다.

“자, 신입. 잘 들어. 우선 부장님이 방으로 불러. 둘이 어색하게 마주앉은 다음 부장님이 종이를 내놓으면서 말씀하시지. 올해 기본 인상률은 2퍼센트다. 그리고 너는 올해 C등급을 받았기 때문에 인상은 없다. 최종 금액은 이거. 이걸 14로 나눠서 매달 14분의 1만큼 월급으로 나가고 나머지 14분의 2는 설날과 추석에 나간다. 불만 있냐? 이때 대부분은 ‘아, 불만 완전히 많죠! 전 이 돈받고는 일 못합니다. 물가는 점프하는데 이걸로 어떻게 살아요?’ 하고 싶지만 그건 마음속으로만. 겉으로는 ‘불만 없습니다. 고맙습니다.’ 하고 연봉 계약서에 사인한 뒤 쓸쓸하게 나오지.”

신입이 또 물었다.

“그게 끝인가요?”

이번엔 이과장이 나서서 대답했다.

“아니. 퇴근 후 혼자 조용한 곳에 가서 소주를 들이붓지. 술의 힘을 빌리지 않고는 견디기 힘들거든.”

“애개, 그게 무슨 협상이에요? 완전 무늬만 협상이네요.”

"당연하지. 정확하게 말하면 연봉 통보. 협상을 하려고 했다간 '너 이러다 짤린다'는 무언의 협박을 받는 시간이랄까?"

올해도 무늬만
연봉 협상.
퇴근하고 로또나
살까 봐……

대부분의 직장인들에게 연봉 협상은 없다.
협박을 받는 통보의 시간일 뿐.

직장
정글의
법칙

화요일의 메뉴는 [커피]

지옥 같은 월요일에서 겨우 탈출했지만 주말은 여전히 멀기만 한 화요일.

직장인들에게 월요일 다음으로 긴 화요일을 견디기 위한 맛은 단연 커피다.

2015년, 취업 포털 사이트 '잡코리아'가 직장인 635명을 대상으로 한 설문 조사 결과를 보면 직장인들이 가장 자주 마시는 음료 1위가 커피, 2위가 물, 3위가 탄산음료였다.

직장인들에게 큰 사랑을 받고 있는 커피.

커피를 마시기에 좋은 시간도 따로 있다. 전문가들이 추천하는 커피를 마시기 좋은 시간은 오전 9시 반에서 11시 반. 스트레스 호르몬인 코르티솔 때문이다.

혈액검사 결과 오전 9시 반에서 11시 반 사이에는 코르티솔 호르몬이 떨어지는 것을 확인할 수 있었다. 코르티솔 호르몬이 떨어진 시간에 커피를 마시면 다른 시간보다 부작용이 덜하다.

고단한 직장 생활을 견디기 위해 커피를 자주 찾는 건 어쩔 수 없지만 커피가 보약은 아니다.

따라서 그나마 커피를 마시기에 더 나은 시간을 기억해둘 필요가 있다.

WEDNESDAY

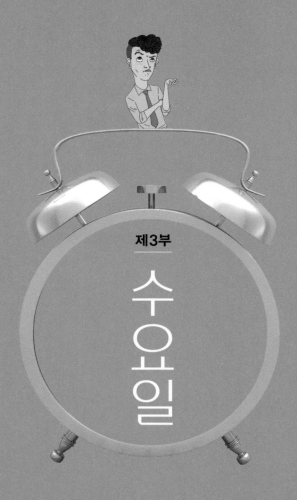

제3부

수요일

01

휴가는 휴지통에

아침부터 신입이 들뜬 목소리로 외쳤다.

"선배님들, 드디어 7월이 내일로 다가왔어요!"

"어휴, 난 세월 가는 거 딱 질색인데 신입은 뭐가 좋다고 저 난리야? 이해가 안 가네."

백차장의 말을 들은 신입이 냉큼 대답했다.

"7월엔 여름휴가가 있잖아요. 열심히 일한 당신 떠나라! 전 이 말만 들어도 설레요."

이과장이 고개를 절레절레 흔들면서 말했다.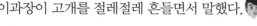

"아이고, 우리 신입이 아직 철이 없구먼. 그런 말 좋아하다가 **휴가**가 아니라 **휴직**을 하게 되는 수가 있어. 조심해."

신입이 이해가 안 간다는 표정으로 물었다.

"아니, 휴가가 감기도 아니고 조심하라뇨? 전 이해가 안 가요. 휴가는 법적으로 보장된 거 아닌가요?"

"보장됐지. 하지만 법으로 보장됐다고 다 누릴 수 있는 건 아냐. 신입, 사회를 알려면 시간 좀 걸리겠다. 쯧쯧."

"허대리님은 여름휴가 언제 가실 거예요? 저랑 맞춰서 가실래요?"

"난 아직 생각 안 해봤는데? 부장님, 차장님, 과장님이 휴가 날짜 정하시고 나면 그때 생각해봐야지."

백차장이 신입을 힐긋 쳐다보고는 말했다.

"아이고, 이 눈치를 밥 말아먹은 푼수데기 신입. 허대리 좀 보고 배워. 저게 진정한 직장인의 자세야. 어디서 신입이 먼저 나서서 휴가 간다고 호들갑을 떨어? 그리고 허대리랑 맞춰서 간다고? 둘이 같은 시기에 자릴 비운다는 게 말이나 돼?"

"그럼 이과장님은 휴가 안 가실 거예요?"

이과장이 대답했다.

"나? 돈 없어서 못 가. 마누라가 돈 벌어오라고 난린데 돈 쓰러 갈 수 있겠어? 휴일에도 나와서 일하고 수당 챙겨야 할 판이야. 참, 내 친구는 휴가 갔다 왔더니 회사에서 책상을 치웠더래. 그 얘기 들으니까 자리 뺄까 봐 두렵기도 하고. 암튼 못 가, 아니

안 가."

그때 장부장이 들어와 말했다.

"자, 여름휴가 갈 사람들, 오늘까지 휴가계 제출하도록. 아, 나? 난 언제 가냐고? 다들 그게 궁금하겠지? 난 작년처럼 딱 하루, 가까운 계곡에 다녀올 거야."

직장인들을 위한 짧은 시.

휴가

니 날짜는 니가 정하고 내 날짜도 니가 정하고

02

내 일은 내일을
바라보는 것이다

장부장이 팀원들을 불러모았다.

"다음 주 월요일까지 경쟁사와의 매출 비교, 신제품 마케팅 전략, 우리 회사의 경쟁력 제고 방안 보고서를 제출하도록! 특히 경쟁력 제고 방안은 각자 보고서 하나씩 내고. 신입은 경쟁사 제품의 이달 매출 분석표 작성 다 했어?"

신입이 말을 더듬으며 말했다.

"저희가 앞섰다는 것만 알고 있습니다만……."

부장이 말을 끊으며 나무랐다.

"결과만 알면 어떻게 해? 과정과 이유를 분석해야지."

이어지는 부장의 잔소리 2절.

"이렇게 한 치 앞을 내다보질 못한다니까. 경쟁사의 성장 속도가 빠른 거 몰라? 지난 1년간 실적 비교 분석표는 언제 가져올 거야? 이제는 우리 팀원들도 체질 개선을 해야 해. 보고서는 제출 기한이 되기 전에 내는 습관을 몸에 배게 하고 인간 개조도 좀 해. 이과장은 지각이랑 술도 좀 줄이고. 백차장은 투덜대는 버릇 버리고 신입은 더 부지런하게, 알았어?"

부장이 자리를 비운 뒤 팀원들의 푸념이 이어졌다.

"아유, 지겨워. 저놈의 잔소리 1절만 하지. 부장이 되더니 사람이 변해도 너무 변했어."

"술 끊어라, 투덜대지 말아라, 이런 건 업무도 아니잖아. 저런 발언해도 되는 거야? 사생활에 대한 지적질까지 들어야 하냐고!"

답답한 건 허대리도 마찬가지다.

"당장 내일까지 내야 할 보고서도 못 썼는데 경쟁사와의 매출 비교, 신제품 마케팅 전략, 경쟁력 제고 방안까지 꼭 해야 하는 거예요? 제겐 너무 먼일인데?"

그때 부장이 사무실에 들어와서 말했다.

"잘 들어. 부하의 일은 오늘을 살 궁리를 하는 거고 부서장의 일은 내일을 잘 살 궁리를 하는 거라고. 오늘에 갇혀 있지 말고 내일을 좀 바라보면서 살아. 알았어?"

내가 괜히 야근을
시키는 게 아니란
말이야 말이야 말이야.

팀원은 오늘을 책임지고 팀장은 내일을 책임진다.

직장
정글의
법칙

03
상메(상태메시지)는
말한다

점심 먹고 온 백차장이 신입에게 의심스러운 눈길을 보낸다.

"신입. 지금 결혼 못 한 나를 조롱하는 거지? 다 알아."

신입이 황당한 표정으로 되물었다.

"네? 차장님, 밑도 끝도 없이 그게 무슨 말씀이세요?"

"아니면 요즘 회사에 불만 있나? 감추려고 하지 마. 나 촉 되게
좋아!"

다짜고짜 추궁을 시작한 백차장, 작정이라도 한 듯 신입을 쪼아
댄다.

"그럼 그 '상메'는 뭐야? 왜 그렇게 적어놨어?"

신입이 대답했다.

"아. 제 상메에 '결혼의 계절, 올해는 가자!' 이렇게 적어놓은 거요? 요즘 제 친구들이 하도 결혼을 많이 해서 저도 결혼하고 싶다는 뜻이에요."

그러자 백차장이 머리를 감싸쥐고 절규했다.

"거짓말. 거짓말이야! 결혼 못 한 나를 조롱하는 거잖아!"

신입은 펄쩍 뛰고 이번엔 이과장이 나섰다.

"잠깐! 신입, 상메가 지난주엔 '건들지 마'였는데 그럼 그건 나한테 하는 말이었어? 요즘 자료 조사 좀 시켰다고 이런 식으로 반항하는 거야?"

신입은 계속 억울함을 호소했고 이과장의 화살이 이번에는 허대리에게 향했다.

"지난주에 보니까 허대리 상메에는 '잠수 탈 거야, 찾지 마!' 라고 돼 있더라? 이것도 나한테 반항하는 거지? 자꾸 일 시키면 잠수 탈거라는 선전포고지? 엉?"

허대리가 손을 내저으며 억울해했다.

"아니에요. 주말마다 친구들이 자꾸 술 먹자고 불러내서 친구들 보라고 적어놓은 거예요. 정말이에요. 그러는 과장님 상메는 '에잇, 더러운 세상'이던데요?"

"어. 그건 먹고살기 힘들어서 적어놓은 거야. 임금은 동결, 보너스는 삭감, 집에선 돈 벌어오라고 난리. 요즘은 살기 힘들어서

'에잇, 더러운 세상!'이라는 소리가 절로 나와."

가만히 자리에 앉아 있던 부장이 일어나더니 팀원들에게 크게 외쳤다.

"다 바꿔. 부정적인 내용 볼 때마다 나도 기분 나빠. 전부 긍정적인 것으로 체인지!"

메신저가 일반화되면서 '상메'가 속마음을 드러내는 수단이 됐다.
일이 안 풀릴 땐 상메는 물론이고 SNS에도 부정적인 속내를 드러내게 되고 그러다보면 부정적인 감정에 사로잡히게 된다.
심리학자 바버라 프레드릭슨은 마음속에 긍정과 부정의 황금비율이 3:1이라고 했다.
우울증에 걸린 사람은 긍정과 부정이 1:1, 일반인은 2:1, 행복하게 사는 사람은 3:1.
결국 마음속 황금비율이 행복을 결정짓는다.

직장
정글의
법칙

04
LTE A보다
빠르다

"신입, 퀵서비스 언제 와?"

부장의 질문에 신입이 깜짝 놀라며 대답했다.

"아까 불렀어요. 올 때 됐는데요?"

바른말 하기 좋아하는 백차장이 거들었다.

"부장님이 퀵서비스 부르라고 지시하신 지 5분도 안 됐어요.

비행기를 타고 와도 이렇게 빨리는 못 와요. 좀 기다리세요."

5분 후, 또다시 부장의 독촉이 시작됐다.

"퀵서비스는 왜 안 오는 거야?"

백차장의 핀잔도 뒤따랐다.

"좀 전에 말씀드렸잖아요. 기다리시라고."

잠시 후, 화장실에 다녀온 허대리를 보고 이과장이 물었다.

"무슨 일 있어? 왜 놀란 토끼 눈이야?"

허대리가 낮은 목소리로 대답했다.

"아니, 화장실 앞에서 부장님을 만났는데요. 화장실 안으로 들어가기도 전에 입구에서부터 허리띠를 풀고 계시더라고요. 얼마나 놀랐는지 아직도 가슴이 벌렁거려요."

아무렇지도 않다는 듯 이과장이 말했다.

"에구. 그거 처음 봤구나. 부장님은 워낙 성격이 급하셔서 화장실에 들어가기 전부터 그러셔. 회식 때 못 봤어? 삼겹살도 다 익을 때까지 못 기다리고 핏기만 가시면 바로바로 드시잖아."

맞아, 맞아, 고개를 끄덕이며 백차장이 보탰다.

"점심시간에 중국집 가서도 빨리 달라는 독촉을 열 번은 하실걸. 그 중국집은 음식 빨리 나오기로 유명한 덴데도 그러셔. 난 그집에 가면 짬뽕은 절대 안 시켜. 부장님 속도에 맞춰서 먹다가 입천장을 몇 번이나 데었는지 몰라."

그때 등 뒤에서 부장이 독촉을 속사포처럼 쏟아냈다.

"신입, 퀵 왜 안 와? 백차장, 하반기 실적 분석 보고서는 언제 줄 거야? 이과장, 자료 왜 안 줘? 지금 당장 줘. 나 지금 총무팀에 잠깐 갔다 올 거니까 그 전에 다 줘."

말이 끝나기가 무섭게 부장은 사무실을 나갔고 뒷모습을 보며 이과장이 말했다.

"원래도 성질이 좀 급한 편이셨는데 부장 되고 나서 더 급해지셨네. 날마다 뛰어다니셔."

> 의학자 프리드먼과 로젠먼이 샌프란시스코의 직장인을 대상으로 심장 발작을 일으키기 전에 보이는 행동을 조사한 결과, 70퍼센트의 사람들이 과도한 경쟁과 업무에 치여 살고 있었다.
>
> 그러다 보니 끊임없이 무언가에 쫓기듯이 행동했고 해야 할 일이 신경 쓰여 늘 편하게 쉬지 못하며 마음이 불안해 항상 뛰어다니는 것으로 나타났다.
>
> 과도한 경쟁과 업무에 치여 사는 것은 심장병에 가까워지고 있다는 증거다. 지금도 사냥꾼에게 쫓기는 토끼처럼 뛰고 있다면 원래 성질이 급한 건지, 경쟁에서 밀릴지도 모른다는 불안과 초조 때문에 뛰고 있는 건지, 아니면 둘 다인지 곰곰이 생각해볼 일이다.

직장
정글의
법칙

05

리더의 자질

간부 회의를 마치고 자리에 돌아온 장부장, 책상 위에 놓인 보고서를 훑어보더니 언성을 높였다.

"신입! 대체 이게 뭐야. 입사한 지가 언젠데 아직도 보고서가 이 모양이야? 아침밥 먹기 캠페인을 하자, 여기까지는 좋아. 근데 제목이 이게 뭐냐고!"

백차장이 거든다.

"부장님. 신입이 괜히 신입이겠어요? 하루이틀 그런 것도 아닌데 뭘 그렇게 놀라세요? 소리 질러봐야 부장님 혈압만 올라요, 워워."

신입은 보고서를 집어 던지는 장부장보다 백차장이 더 얄미웠다.

'차장님은 제 보고서를 보지도 못하셨잖아요?'라는 말이 목구멍을 치고 올라오려고 할 때 허대리가 신입에게 급하게 다가와 귓속말을 했다.

"참아, 꾹 참아. 하고 싶은 말 다 하면 직장인이 아냐. 하고 싶은 말을 참고 또 참아서 몸에서 사리가 나올 정도로 참아야 하는 게 직장인의 숙명이잖아. 참을 인 세 번이면 사표를 면한다는 말도 몰라?"

신입이 거친 숨을 몰아쉬며 참고 있을 때 백차장이 말했다.

"부장님, 신입이 낸 보고서에 캠페인 제목이 이상하다고요? 이리 줘보세요. 제가 한번 볼게요. 어디 보자……. 보고서 제목이 초조반상 프로젝트?"

듣고 있던 이과장이 말을 자르며 끼어들었다.

"초조반상 프로젝트요? 일단 제목부터 뭔가 초조한데?"

장부장이 당당하게 말했다.

"아침밥 먹기 캠페인이면 제목이 초조가 아니라 조조가 맞는 거잖아. 조조할인도 몰라? 조조!"

그러자 신입이 냉큼 나서서 대답했다.

"조조가 아니라 초조가 맞습니다. 초조반상은 궁중에서 7시 이전, 이른 아침에 먹던 식사를 말하는 건데요. 죽을 기반으로 하는 밥상이라 바쁜 직장인들을 대상으로 한 간편 죽이랑도 잘 맞고요. 또 아침을 왕처럼 먹자는 뜻도 담고 있는 제목이에요."

WEDNESDAY

허대리가 급히 신입의 말을 거들었다.

"오! 제목의 뜻은 좋은 거 같아요."

듣고 있던 이과장이 의미심장한 미소를 머금고 부장에게 다가 갔다.

"아아, 부장님은 초조라고 써놓은 게 조조의 오타인 줄 알고 화내신 거예요?"

장부장이 대답이 없는 걸 보니 그런 모양이다.

이과장이 한마디 더 했다.

"부장님, 그럼 오늘은 점심을 좀 일찍 먹으러 나가죠. 점심엔 조조할인 없나?"

백차장이 말했다.

"점심 먹기 전에 부장님이 실수한 거 인정하셔야죠. 아무리 상사라도 실수는 실수! 쿨하게 인정하는 모습을 보여주시는 게 리더의 자질이라고 생각해요."

그러자 장부장이 말했다.

"몰라, 몰라, 몰라! 난 아무튼 프로젝트 제목이 맘에 안 들어. 보고서 다시 써!"

아무리 상사라도
자존심 버려야
할 때가 있기 마련이죠.
안 그러면 직원들한테
'진상'으로 찍히기 딱 좋아요!
명심!

데일 카네기의 『인간관계론』에 보면 틀렸다는 걸 알았을 때 재빠르게
인정하는 것이 리더의 자질이라는 대목이 있다. 리더가 잘못을 인정
하지 않으면 부하들의 인심을 잃게 된다.

직장
정글의
법칙

아프냐?
일 다 해놓고 아파라

WEDNESDAY

오늘따라 신입의 컨디션이 좋지 않아 보인다. 평소처럼 동분서주하지 않고, 여기저기 기웃대지도 않고 수다스럽지도 않다. 이과장이 아무래도 신입에게 무슨 일이 있나 싶어 곁에 다가갔다.

"안색이 많이 안 좋네. 어디 아파?"

"아. 실은…… 감기 몸살에 걸렸어요."

"그래? 허대리, 의무실 가서 약 좀 받아다주지."

그러자 신입이 서둘러 고개를 저었다.

"아녜요. 이미 먹었어요. 에취 에취!"

이과장이 호들갑을 떨었다.

"약을 먹었는데도 그렇단 말이야? 안색이 창백해. 감기는 비말

감염이잖아. 사무실에서 그렇게 기침을 해대면 다른 사람들에게 옮길 수 있다고. 엉?"

"죄송합니다."

신입이 코를 풀자 이번엔 백차장이 한마디 했다.

"아이, 더러워. 정말 이럴 거야? 여럿이 생활하는 데서 코를 팽팽 풀어대면 나같이 비위 약한 사람은 우웩!"

"안 되겠다. 신입, 오늘은 집에 들어가 쉬어."

"참 나, 어이없네. 이과장이 부서 책임자야? 버젓이 부장님이 계신데 웬 오바?"

백차장의 야속한 돌직구가 계속됐다.

"아픈 게 자랑이야? 체력도 실력이고 건강 관리도 업무 능력 중에 하나라고."

이과장이 구시렁댔다.

"으이그, 사람이 저렇게 인간미가 없으니까 아직도 노처녀지."

신입이 힘을 내서 말했다.

"괜찮아요. 그냥 퇴근 시간까지 버틸게요. 사실 부장님께 말씀드릴 용기가 안 나요."

그러자 이과장이 신입의 어깨를 다독였다.

"내가 얘기해줄게. 어, 부장님 오시네? 부장님, 신입이 감기에 걸려서 조퇴를 좀……."

장부장은 당연하다는 듯 고개를 끄덕여 보였다.

"암, 암. 사람이 아프면 쉬어야지. 조퇴해."

이게 웬일인가 싶어 모두 눈이 동그랗게 커지는데, 장부장이 아! 하고 뭔가 생각났다는 듯 다시 입을 열었다.

"조퇴하기 전에 이번 신제품 홍보 마케팅 평가서하고 하반기 신제품 출시 예정 시기별 장단점 보고서, 올해 외주 업체별 특성이랑 발주 내역까지 신입이 맡은 일만 다 해놓고 얼른 조퇴해. 알았지?"

그 말을 들은 신입이 발끈해서 말했다.

"부장님, 그거 다 하려면 야근해도 모자라겠어요. 직장인들은 아플 권리도 없나요?"

그러자 부장이 말했다.

"있지. 주중엔 참았다가 주말에 아프면 돼. 그리고 월요일엔 다시 쌩쌩하게 나오도록!"

> 아파서 죽을 것 같으면 차라리 출근해서 장렬하게 죽는 게 나을지도 모른다.

직장
정글의
법칙

07

부장님도 깨진다

간부 회의에 참석한 장부장. 처음에는 간부 회의에 참석할 수 있는 직급이 됐다는 사실에 뛸 듯이 기뻤지만 이젠 회의 시간마다 부장이라는 직책에 회의가 든다. 🙂

회의 시간 내내 안 나오는 아이디어를 쥐어짜라는 사장의 잔소리 폭탄을 맞고 겨우 자리에서 일어서려는 순간 "장부장, 회의 끝나고 내 방으로 좀 오지!" 하는 말은 저승사자의 부름과도 같았다.

그리고 사장과 독대한 장부장의 머릿속에는 온통 '또 무슨 잔소릴 하려고? 지난달 실적 안 좋은 거 나도 안다고. 이제 그만 좀 해라. 간부 회의에서 3시간이나 깼으면서 또 깨려고?' 소리 없는 아우성이 이어졌다.

이윽고 사장이 입을 열었다.

"이봐, 장부장. 직원들이 무슨 생각을 하면서 살고 있는지 알기나 하나?"

매출도 실적도 보고서도 아닌 부하 직원들의 생각이라니.

"SNS에서 직원들이 회사에 대해 뭐라고 떠들어대는지 알고 있냐고. 저봐, 저봐. 표정 보니까 전혀 모르고 있구먼. 그러니 실적도 안 오르고 조직이 경직되지. 중간 관리자의 의무가 직원 관리인 거 몰라? 직원들하고 소통을 좀 시도해. SNS도 좀 해보게. 아침에 직원 SNS 보니까 사내 연애의 기술, 근무 중에 딴짓해도 안 걸리는 법, 이런 것도 올라와 있던데 잘 좀 보라고!"

그러겠다고 대답하고 나오는 길, 장부장은 머릿속이 엄청나게 복잡해졌다.

'아, 이젠 SNS까지 해야 하는구나. 전화는 그냥 걸고 받는 데만 쓰면 안 되나? 가뜩이나 휴대전화 기능 많아서 뭐가 뭔지 모르겠구먼.'

이젠 휴대전화로 SNS까지 해야 한다는 부담이 장부장의 머리를 짓눌렀다.

사장실에서 나오자마자 팀원들을 불러서 'SNS는 어떻게 하는 거냐? 계정을 좀 알려줘라.' 했더니 바로 볼멘소리가 돌아온다.

"그건 사생활이잖아요!"

사장은 직원들이랑 SNS로 소통하라는데 부하 직원들은 물어보면 물어본다고 난리고.

SNS로 소통하려다 그나마 되던 **소통**도 **불통**되겠다.

부장들이 제일 싫어하는 메뉴는?

샌드위치.

왜? 위에서 누르고 아래서 치고 올라오는 내 신세 같아서.

직장 생활에서 꼭 필요한 통은?

의사소통.

직장
정글의
법칙

08

월급은
공포의 대가다

장부장이 다급하게 사무실로 들어오면서 백차장을 찾았다.

놀란 백차장이 무슨 일이냐고 물으니 장부장이 다짜고짜 서류를 집어 던진다.

"이걸 지금 기획이라고 한 거야?"

백차장은 어이가 없을 뿐이다.

"그 기획, 부장님이 좋다고 하신 거잖아요."

부장은 시치미를 뗐다.

"난 그런 말 한 적 없어. 이 기획은 전면 재검토하라는 상무님 지시야. 아예 쓰레기통에 갖다버려."

이런 말을 듣고 가만히 있을 백차장이 아니다.

"상무님한테 깨졌다고 지금 저한테 화풀이하시는 거예요?"

백차장의 말에 대꾸도 안 하던 장부장이 이번에는 이과장을 불렀다.

"이과장. 이번 시제품이 반응 테스트에서 안 좋다는 반응이 압도적이라는 결과 받았지?"

시무룩한 표정의 이과장이 말했다.

"네. 모처럼 제가 아이디어 내서 만든 시제품인데 반응이 안 좋으니까 저도 난감하네요."

장부장이 마치 래퍼처럼 싫은 소리를 쏟아냈다.

"이과장 정말 사표 쓰고 싶어? 무슨 일을 그 따위로 하나? 내가 이래서 이과장한테 일을 못 맡기는 거야!"

부장의 말이 좀 심하다 싶었지만 꾹 참고 있었더니 이번엔 결정타를 날린다.

"이과장. 지금 올린 결재도 보류. 올해 승진 대상자에 올리는 것도 보류야, 보류!"

또다시 승진 보류라니, 이번이 벌써 세 번짼데 이과장은 속이 쓰리다. 허대리가 조용히 이과장에게 다가와서 괜찮으냐고 물었다.

이과장은 누가 뺨 때리기를 기다렸다는 듯이 속내를 드러냈다.

"으악! 아침마다 지긋지긋한 알람 소리에 겨우 눈떠서 비몽사몽 간에 콩나물시루 같은 버스 타고 꽉 막힌 도로 뚫고 힘들게 출근해서 '칼퇴'는 꿈도 못 꾸는 나한테 툭 하면 보류래. 성질 같아 선 내가 지금 보류하고 있는 사표를 당장 집어 던지고 싶다!"

눈치 없이 신입이 나섰다.

"과장님, 이 상황에서 제가 드릴 말씀은 아니지만 저희 엄마가 어 렸을 때부터 '남의 돈 벌기가 어디 쉬운 줄 아냐? 세상에서 가장 힘 든 일이 남의 주머니에 있는 돈 **빼내는 거다.**'라고 말씀하셨어요."

허대리도 맞장구쳤다.

"맞아. 나도 직장 생활을 하면 할수록 그 말이 절절하게 와 닿 더라. 나 어렸을 때 울 아버지도 출근할 땐 집에다가 **간 쓸개** 다 **빼** 놓고 나간다고 하셨어."

그때 이과장이 갑자기 자리에서 벌떡 일어나 문 쪽으로 향했다.

허대리가 물었다.

"어? 과장님 어디 가세요?"

그러자 이과장이 웃으며 대답했다.

"으응, 집에 좀 갔다 올게. 간은 두고 왔는데 깜빡 잊고 쓸개를 가져왔네?"

> 이브 몽땅이 주연한 프랑스 영화 〈공포의 보수(The Wages Of Fear)〉에 보면 이런 대사가 나온다.
> '보수는 일의 대가가 아니라 공포의 대가로 주어진다.'
> 직장인들이 받는 월급은 결국 공포의 대가다.

직장 정글의 법칙

09

희망 퇴직,
절망 퇴직

무슨 중요한 전화일까? 장부장이 복도에 나가 조용히 통화를 하고 있다.

"그래. 알아, 알아. 이부장 생각도 일리는 있는데…… 말이 희망이지 전혀 희망적이지가 않다니까. 당장 뭐 먹고 살려고 그래?"

60세 정년 연장법이 시행되면서 회사에서는 인건비 부담을 우려해서 희망 퇴직을 받기 시작했다.

신입은 궁금한 것투성이였다.

"희망 퇴직은 말 그대로 희망자가 신청하는 건데, 신청 안 하고 버티면 되는 거 아닌가요?"

그러자 허대리가 조용히 속삭였다.

"일단 대상자가 되고 나면 그게 말처럼 쉽진 않은가 봐. 올해만 해도 45세 이상만 해당되잖아. 냉정하게 말해서 '나이가 많아서 비용은 많이 드는데 일의 능률은 높지 않으니 회사에서 나가라.' 이거잖아. 말로만 듣던 사오정이 현실이 된 거지."

이과장이 한숨을 쉬며 말했다.

"휴. 나도 남의 일 같지가 않아. 이번 희망 퇴직 대상자는 대부분 1, 2차 베이비부머 세대잖아. 퇴직하고 나서 30~40년은 더 살아야 할 텐데 어떻게 먹고사냐고. 오죽하면 은퇴하고도 쉬지 못하고 구직시장을 전전해야 하니까 은퇴가 아니라 반퇴 시대라는 말이 나왔겠어?"

출력물을 정리하던 백차장도 입을 열었다.

"반퇴 세대들은 심지어 호적을 바꾸기도 한대. 호적이 잘못됐다고 한 살 어리게 정정 신청을 해서 정년을 연장해보려는 거지."

그 말에 이과장이 머리를 긁적이며 씁쓸한 웃음을 지어 보였다.

"아이고, 맙소사. 인류의 꿈은 **생명 연장**이고 직장인들의 꿈은 **정년 연장**이구나."

"평균 수명은 연장됐는데 회사에선 나가라고 하니까 호적까지 고치는 거지. 사실 청춘을 바친 회사에서 쫓겨나면 그 나이에 재취업이 쉽겠어? 창업했다가 망하는 일도 수두룩하고. 아침마다

전쟁터로 출근한다고 생각했는데 회사 밖은 **지옥**이야. 전쟁터가 차라리 나은 거 같아."

백차장의 말을 듣고 곰곰 생각하던 신입이 입을 열었다.

"어느 통계에 보니 직장인들이 꿈꾸는 이상적인 직장 1위가 평생 근무를 약속해주는 직장이래요. 근데 이건 뭐, 이젠 평생 직장이라는 개념 자체가 사라질 위기네요."

그때 이과장이 자리에서 일어나더니 두 팔을 벌리고 소리를 내질렀다.

"난 전쟁터여도 좋으니까 평~생 직장 다니고 싶어!"

회사는 전쟁터, 회사 밖은 지옥.

직장
정글의
법칙

10
야근은
뱃살을 남기고

퇴근 시간이 다가올 무렵, 늘어지게 하품을 하던 이과장이 푸념을 늘어놓는다.

"요즘 이상하게 자꾸 몸이 처지고 힘이 없네."

허대리도 맞장구를 쳤다.

"그죠? 저도 오늘 이상하게 나른하네요. 왜 이러지?"

백차장이 말했다.

"아휴 답답해. 그 이유를 몰라? 회사에 있어서 그런 거잖아. 직장 생활이 남긴 건 아침부터 몰려드는 나른함과 만성 피로라고."

그때 장부장이 들어와 말했다.

"백차장, 오늘 자세히 보니까 그새 많이 늙었구먼. 왜 그렇게 됐어? 엉? 이유가 뭐야?"

"이유야 뻔하죠. 회사 다니다 보니까 이렇게 됐어요. 직장 생활
이 남긴 건 급격한 피부 노화와 온몸 구석구석을 돌아다니는 근육
통이라고요."

그때 허대리가 보고서를 내밀었다.

"부장님, 어제 수정하라고 지시하신 보고섭니다."

부장은 아무 말이 없다.

허대리가 백차장에게 소리 낮춰 물었다.

"차장님. 부장님은 왜 아무 말씀도 없으신 걸까요?"

"원래 **보고하면 보고만** 계시는 게 부장님 특기잖아. 어? 근데 허
대리, 왜 갑자기 손톱을 물어뜯어?"

"부장님이 아무 말 없이 보고서를 보고만 계시니까 불안해서
요."

"아무리 불안해도 그렇지 애도 아니고 어른이 손톱을 뜯어?"

"원래 있던 버릇은 아닌데 회사 다니면서 생겼어요."

그때 둘의 대화를 들은 장부장이 말했다.

"왜? 이젠 내가 말을 안 해도 불만인가? 내가 지난 며칠 허대
리 좀 호되게 나무랐더니 다들 나한테 그만 좀 혼내라고, 그러다
허대리 바보 되겠다고 해서 이제 가만있으려고. 할 말 없어."

부장의 반응을 믿을 수 없었던 허대리.

"에이, 그러지 마시고 수정해야 할 부분 알려주세요."

부장의 눈빛이 달라졌다.

"그래? 그럼 솔직하게 말할까? 진작 이렇게 썼으면 야근에 철야까지 안 해도 됐잖아. 보고서 패스!"

"와, 정말요? 저 이번엔 통과된 거예요? 근데 안 믿겨요."

옆에 있던 이과장이 낮은 소리로 말했다.

"에이, 일부러 생고생시키려고 밤샘까지 시킨 거면서."

"뭐야? 허대리는 보고서 통과라고 해도 안 믿고 이과장은 심지어 내가 거짓말을 하고 있다는 거야?"

"아니, 뭐 거짓말이라기보다는 선뜻 믿어지질 않는 거죠. 직장 생활을 하다 보니까 상사의 말엔 혹시 다른 속뜻이 있는 건 아닐까 일단 의심부터 해보는 습관이 생겼어요. 어라? 근데 백차장님은 지금 퇴근하세요?"

그러자 백차장이 한마디 했다.

"응. 나도 회사 생활하다 보니까 월급만큼만 일하려는 습관이 생겼어. 오늘 할 일 다 했으니까 난 이제 퇴근. 이과장은 월급만큼 일하려면 오늘도 야근해야겠네? 수고해!"

뭐든 적당한 게
최고!
건강부터
챙기며 살자구요!

양궁 선수의 턱에는 선이 하나 더 있다.

과녁을 겨눌 때 활시위가 턱에 닿으면서 자국을 남긴 것이다. 땀을 많이 흘린 선수일수록 그 턱 선은 깊고 뚜렷하다. 열심히 노력한 흔적이 남아 있는 것이다. 흔히 이마의 주름을 인생의 훈장이라고 하듯이 이역시 양궁 선수 인생의 훈장이다. 훈련이 턱 선을 남기는 것처럼 직장생활도 여러 가지를 남긴다.

회식은 숙취를 남기고, 야식은 뱃살을 남기고, 업무는 피로를 남기고, 상사는 스트레스를 남긴다. 하지만 직장인들에겐 훈장이기보다는 몸이 고장 날 수 있다는 귀띔이다.

직장
정글의
법칙

11

니들이 **나이를 알아?**

팀 회의를 마치고 자리를 정리하던 신입이 불쑥 아이디어가 있다며 이야기했다.

"선배님들, 팀 내 공용 메일 계정을 하나 만들면 어떨까요? 사내 인트라넷 말고 우리 팀끼리만 공유하고 싶은 내용을 메일로 공유하자는 거죠. 구글 같은 데다 만들면 좋을 거 같아요."

허대리가 말했다.

"그거보다는 차라리 네이버 N드라이브를 이용하거나 다음에 카페를 만드는 건 어때요?"

신입이 의견을 좀 더 보탰다.

"그럼 열람이 편하게 카페를 하나 만들까요? 포털 사이트에 만들면 되겠죠?"

　그러자 이과장이 반대 의사를 밝혔다. 단체 메신저 대화방도 닫아버리고 싶은 마당에 뭘 또 만들자는 거냐며 눈살을 찌푸렸다.

　"부장님은 어떤 게 좋으세요?"

대화를 이어가던 신입이 아무래도 의견 취합이 쉽지 않은지 부장을 향해 조심스레 물었다.

부장은 난감해졌다.

사실 공용 메일, 카페 모두가 낯선 단어들이다. 부장이 사원 시절엔 듣도 보도 못한 말이다. 단체 대화방에 사진 올리는 거 배운 지도 얼마 안 됐는데 이건 또 무슨 소리인가 싶지만, 체면상 내색할 수도 없는 노릇이다.

부장은 서둘러 자리에서 일어서며 "각자 보고서 출력해서 책상 위에 올려놔." 하고 근엄 있게 말했지만 돌아오는 대답은 "보고서를 뭐하러 출력해요? 메일로 쏠게요."다.

이때 부장의 속마음은 '나는 모니터로 보는 것보다 출력해서 종이로 보는 게 편하다고.'였지만 차마 입 밖으로 꺼내지 못했다.

결국 저녁 모임이 있다고 말하며 서둘러 자리를 빠져 나왔다.

퇴근 후 저녁 모임에 나간 부장, 친구를 만나자마자 다짜고짜 질문을 하기 시작했다.

"니네 회사도 요즘 카페 만들고 그러냐?"

친구가 의아해하며 물었다.

"카페?"

"어. 인터넷에 만드는 건가 봐."

"아아, 그 카페? 근데 그게 왜?"

그때부터 장부장의 하소연이 시작됐다.

"요즘 젊은 애들 워낙 빨라서 따라가기가 힘드네. 스마트 폰에 단체 방인가 열어서 거기서 지들끼리 떠든다기에 나도 얼마 전에 스마트 폰을 샀는데 사용법이 너무 어려워. 앱인지 애빈지 용어도 모르겠고. 겨우 알아내서 사진 올리는 거에 재미 붙였는데 이젠 또 뭐 다른 걸 하자고 하니까. 부하 직원들에게 물어보는 것도 한두 번이지, 매번 묻는 것도 체면이 영 말이 아니고. 몇 가지 기능을 겨우 배웠는데 아무래도 손가락 움직임이 느리니까 휴대전화를 주물럭거리는 수준이야. 휴! 회사에선 젊은 사람들 생각을 알기 위해 SNS를 하라는데 SNS 따라가기는 또 얼마나 버거운지 몰라. 스압주의는 뭔 소린지 당최 못 알아들을 말투성이야."

친구는 장부장에게 말했다.

"아이고, 네가 부장 노릇하느라 고생이 많구나. 오늘은 위로할 겸 내가 쏠게. 많이 먹어라."

친구의 말이 끝나기 무섭게 장부장이 너털웃음을 터뜨렸다.

"너도 쏜다고 말하냐? 요즘 젊은 사람들은 툭하면 쏜대? 총도 아니면서 메일도 쏴, 밥값도 쏴, 돈 보내는 것도 은행가서 계좌로 쏜다고 하고. 난 그런 말도 적응이 안 되네. 노력하면 따라잡을 수 있을까?"

미국 버지니아 대학교 연구팀이 18세부터 80세에 정상인 1,600여 명을 대상으로 평균 2.5년마다 기억력, 창의력, 문제 해결 능력, 배우는 능력의 지능도를 추적 분석한 결과, 나이가 들수록 지능도에 약간의 감소는 있으나 일상생활이나 업무에 지장을 줄 정도로 감소되지는 않는 것으로 나타났다.

그럼에도 불구하고 나이 들수록 지능이 실제보다 크게 떨어지는 것으로 느끼는 이유는 스스로 머리를 쓰지 않기 때문인 것으로 분석됐다. 나이가 들어서도 끊임없이 뇌를 쓰면 젊었을 때 지능을 어느 정도는 유지할 수 있다고 한다.

집중력, 기억력이 예전 같지 않다고 변명할 게 아니라 끊임없이 익히고 배우면 된다. 물론 최신 트렌드와 젊은 감각을 따라잡기 위한 노력은 필수. 새로 나온 유행어쯤은 알아두자.

직장
정글의
법칙

12

애매한 돌려받기

퇴근 준비를 하는 허대리에게 장부장이 말했다.

"이봐, 허대리. 주말에 기획팀 정대리 결혼식 갈 건가?"

허대리는 머뭇거리며 "갈…… 거긴 한데요." 하고 대답했고 장부장이 다그쳤다.

"아니, 대답이 왜 그래? 안 갈 거야? 동기잖아."

"가요. 가는데……."

"그럼 나 대신 5만 원만 부주해줘. 다음 주에 줄게."

장부장이 나간 뒤, 허대리가 시무룩해진 얼굴로 털썩 자리에 다시 앉았다.

신입이 다가와 물었다.

"대리님. 왜 그러세요?"

"부장님이 축의금 대신 내달라고 하시잖아."

"그게 왜요?"

"지난달에 거래처 양과장님 결혼하는 날 말이야. 일요일인데 아침부터 부장님이 전화를 하셨더라고. 양과장 결혼식에 부장님 이름으로 5만 원만 부주해달라고. 그러고는 아직까지 돈을 안 주셔."

"그럼 달라고 말씀드려보지 그러셨어요?"

"그게 참, 말을 꺼내기가 그래서. 한번은 큰맘 먹고 말씀드렸더니 지금 현금이 없다고 찾아서 주신다면서 또 감감무소식. 참다못해 또 달라고 했더니 사람 뭘로 보고 그러냐고 설마 축의금 5만 원 떼먹을까 봐 그러냐고 버럭. 이런 식이야. 휴."

신입이 말했다.

"그럼 이제 대신 부주해주기 싫다고 하세요."

"상사가 부탁하는데 어떻게 그래?"

신입과 허대리는 마주 보며 깊은 한숨을 내쉴 뿐이었다.

다음 날, 인트라넷을 확인하던 신입이 화들짝 놀라 외쳤다.

"대리님, 상무님 부친상 당하셨대요. 지금 사내 전산망에 떴어요."

"그래? 오늘 가봐야겠네? 근데 내가 오늘 빨간 옷을 입고 나와서 옷 갈아입고 가야겠다. 어? 근데 부장님은 자리에 안 계시네?"

"그러게요. 설마 이번에도 조의금을 대리님한테 대신 내달라고 하시는 건 아니겠죠?"

허대리와 신입은 퇴근 후 부랴부랴 상가에 갔고, 뜻밖에도 장부장이 능숙한 태도로 둘을 맞았다.

"어. 허대리랑 신입, 늦게 왔네. 어서 와. 거기 앉아서 밥 먹어."

신입이 허대리에게 조용히 속삭였다.

"대리님, 부장님은 언제 오셨을까요?"

"언제 오신 게 아니라 아예 이쪽으로 다시 출근하신 거 같은데? 누가 보면 상주인 줄 알겠어. 저기 봐. 쟁반도 직접 나르면서 문상객들 접대하시잖아."

옆에 있던 백차장이 말했다.

"흠, 다음 인사 때 부장님 승진하시겠네."

승진 대기표는 상사의 상가에서 발부된다.

직장
정글의
법칙

수요일의 메뉴는 [샌드위치]

수요일은 일주일 중 가운데 끼어 있기도 하고,

주말권에 들어서기 위해 넘어야 할 고비이기도 하다.

흔히 '깔딱 고개'라고도 부르는 수요일의 경우,

눈코 뜰 새 없이 바쁜 요일이라 샌드위치로 점심을 때우기 일쑤다.

회사 근처에 샌드위치를 맛있게 하는 집이 있다면 그것도 행복한
일이다.
배달까지 해주면 더 행복하다.

직장인들이 가장 좋아하는 샌드위치는?
"샌드위치 데이!"
단, 그날이 휴무인 경우.

THURSDAY

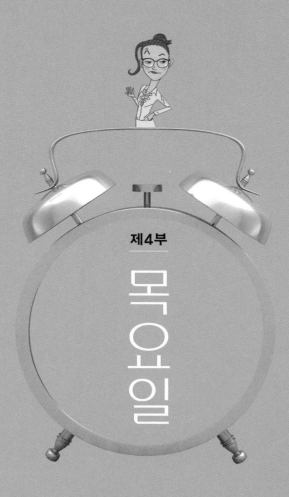

제4부

목요일

거짓말 아바타

THURSDAY

아침부터 허대리의 전화벨이 사무실 안에 울려 퍼졌다. 액정 화면을 들여다보니, 이과장이다.

"과장님, 아니 왜 출근 안 하고 전화를 하셨어요?"

허대리가 놀라서 조용히 묻자 이과장의 다급한 목소리가 들린다.

"허대리. 큰일 났어. 나 지각하게 생겼어. 마누라랑 아침 밥상 머리에서 한판 하다 늦게 나왔어."

"아이고, 어쩌다가 그러셨어요?"

"내가 어제 술 먹고 좀 늦게 들어갔다고 마누라가 바가지를 박박 긁잖아. 부부 싸움만 했다하면 '니가 나한테 해준 게 뭐 있냐?'로 시작해서 '돈이나 많이 벌어다줬으면 말을 안 하지!' 이러면서 돈돈돈 돈타령으로 끝난다니까. 아 참, 근데 부장님 오셨어?"

"아직 안 오셨어요."

허대리의 말에 안도의 한숨을 내쉬며 이과장이 말했다.

"그럼 나 오늘 매장 점검 나갔다고 해. 안양에 있는 신규 매장으로 바로 출근한다고 했다고 해줘."

"과장님, 과장님!"

허대리가 애타게 불렀지만 전화는 이미 끊어졌고 때마침 사무실로 들어오던 장부장이 허대리에게 다가왔다.

"이과장 전화야?"

"네? 부, 부, 부, 부장님. 언제 오셨어요? 네. 과장님 맞아요. 과, 과장님이 오늘 안양에 신규 매장으로 바로 출근한다고……."

"그렇게 거짓말 좀 해달래? 지각하게 생겼다고?"

"아, 아, 아, 아, 아뇨."

"허대리 버퍼링 걸렸어? 왜 이렇게 말을 더듬어?"

허대리는 펄쩍 뛰었지만 부장은 아무렇지도 않게 말했다.

"왕년에 그런 부탁 안 해본 사람 있나? 백차장, 안양 신규 매장에 좀 다녀와. 지금 당장. 롸잇나우~!"

그러자 백차장이 구시렁댔다.

"거긴 이과장 담당인데 왜 제가 가요?"

"오늘부터 안양 신규 매장 백차장이 맡아. 그래야 허대리한테 거짓말하라고 시킨 이과장이 정신 차리지."

백차장의 반발이 이어졌다.

"말도 안 돼요. 어제 회식할 때 부장님이 그 매장은 이과장더러 맡으라고 하셨잖아요. 하루 만에 뒤집는 게 어딨어요? 누가 들으면 부장님이 알콜성 치매인 줄 알 거예요."

그러자 부장은 새로운 사실을 깨달은 듯 말했다.

"맞다. 어제 회식했지. 어쩐지 아침부터 속이 쓰리고 온몸이 찌뿌드드하다 했어. 허대리, 나 사우나 다녀올 테니까 상무님이 나 찾으시면 외근 갔다고 해줘."

허대리가 의아한 표정을 짓자 부장이 말했다.

"왜? 이과장이 해달라는 거짓말은 해주고 내가 하라는 거짓말은 못하겠다는 거야? 엉?"

직장인들에게 가장 필요한 술은 소주? 맥주? 와인?
아니다. 직장인에게 가장 필요한 술은 처세술이다.

직장
정글의
법칙

02

기쁨을 나누고
슬픔을 나누면?

점심을 먹고 온 신입이 허대리에게 호들갑을 떨며 소식을 전했다. 백차장이 회사에서 이번 분기 우수 사원상을 받았다는 것이다.

허대리가 놀라며 말했다.

"어머나! 근데 왜 백차장님은 아무 말씀도 안 하셨지? 충분히 자랑할 만한 일인데. 혹시 본인에게 통보를 안 했나?"

이과장이 나섰다.

"말도 안 돼. 당사자한테는 후보 단계에서부터 알려주는 게 회사의 관행이야."

"흠, 그러게요."

신입은 백차장의 성격이 워낙 깔끔하고 미리 떠벌리는 것을 싫어해서 자랑하지 않았을 거라고 추측했다. 허대리는 기쁨은 나누면 두 배가 된다는데 이해가 안 간다고 했고, 이과장은 아마 한턱내기 싫어서 비밀에 붙였을 것이라고 했다.

드디어 외근 다녀온 백차장 등장!

"차장님. 축하합니다."

"한턱 쏴! 두 턱 쏴!!"

다들 한턱내라고 했지만 백차장은 시크하게 "매번 누군가는 받는 게 우수 사원상인데 왜들 호들갑이야?"라며 대수롭지 않게 넘기려고 했다.

그러고는 "아참, 이과장도 작년에 실적 우수자로 선정됐을 때 비밀로 했잖아. 널리 알려봐야 주변에 질투하는 사람만 대폭 늘어난다는 거 잘 알면서 왜 그래?" 하고 덧붙였다.

그러자 이과장이 받아쳤다.

"아이 그래도 차장님. 이번엔 상금 액수가 크잖아요."

이과장의 말에 백차장의 표정이 의미심장하게 변했다.

"이과장, 이과장은 지난달 주문서에 숫자를 잘못 기입해서 회사에 손실을 입혔을 때도 아무한테도 알리지 않고 조용히 개인 돈으로 막았잖아. 짠돌이 이과장한테 쉬운 일은 아니었을 텐데?"

이과장이 머리를 긁적이며 수긍했다.

"맞아요. 돈은 아깝지만 어쩔 수 없었어요. 소문나면 다들 그걸로 날 공격해댈 게 뻔하니까. 아이고, 아깝다! 피 같은 내 돈."

외로워도 슬퍼도
울지 못하는,
서글픈 직장인 신세

직장에선 기쁨을 나누면 시기 질투가 되고 슬픔을 나누면 약점이 된다.

직장
정글의
법칙

03

칭찬에는
꿍꿍이가 있다

주간 회의를 앞두고, 허대리가 건넨 커피를 받아든 이과장이 말했다.

"아이고, 우리 허대리는 못하는 게 없네! 재주도 참 많아. 정말 타고났네. 타고났어. 대체 어머님이 누구니? 어쩜 이렇게 딸을 똑 부러지게 키우셨을까? 혹시 우리 허대리 바리스타 자격증 있어? 어떻게 물이랑 커피의 양을 정확하게 맞췄을까? 커피 맛이 진해. 사골 곰국 저리 가라야."

허대리가 예상치 못한 칭찬에 당황하고 있을 때 이과장이 속내를 드러냈다.

"앞으로 회의 때마다 커피는 허대리가 담당하면 되겠다. 내가

'커피~.' 하면 바로 가져다주는 거야. 알았지?"

옆에서 듣고 있던 백차장이 미간을 찌푸리곤 한마디 했다.

"아니, 허대리 이름이 커피야? 왜 이과장이 커피하고 부르면 대령해야 하는데? 그리고 신입도 있는데 회의 때마다 커피를 왜 허대리가 타냐고!"

이과장이 반격이 이어졌다.

"어떤 일이든 잘하는 사람이 해야죠. 허대리가 커피를 정말 잘 탄단 말이에요. 허대리, 잘해서 시키는 건데도 싫어? 칭찬해줘도 불만이야?"

두 사람의 핑퐁 대화에 어쩔 줄 몰라 하던 허대리가 책상 정리를 시작했다. 그때 이과장이 한마디 더 했다.

"참, 우리 허대리는 청소도 참 잘하더라. 앞으로 내 책상 정리도 좀 부탁해. 그리고 허대리는 통달이잖아, 통달."

백차장이 "통닭도 아니고 통달은 또 뭐야?" 하고 묻자 이과장이 기다렸다는 듯이 대답한다.

"통계의 달인요. 통계 내는 거 얼마나 잘 하는지 몰라요. 허대리, 내가 맡고 있는 작년 상반기 매출 통계 좀 내줘. 허대리

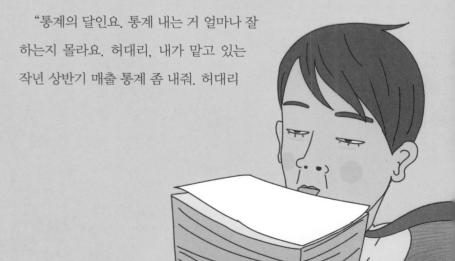

는 잘하니까 금방 하잖아. 참 지난번에 외근 나갔을 때 보니까 운전도 잘하더라. 허대리. 나 지금 외근 갈 건데 같이 가자. 자, 내 차 키 줄게. 아, 말이 나와서 말인데 대리가 왜 대린 줄 알아? 상사의 일 대신하라고 해서 대리야. 밤에 술 마시고 차 가지고 가야 할 때 대리 운전기사를 부르잖아. 그럴 때 부르라고 대린 거야. 알았지?"

그래도
칭찬 한번 받으면
소원이 없겠어요.
쩝.

청찬은 고래를 춤추게 한다지만, 상사의 청찬은 부하 직원을 일벌레로 만든다.

직장에서 청찬은 더 많은 일을 시키려는 의도가 숨어 있을 때도 많다. 청찬받는 건 기쁘지만 단지 청찬인지 숨은 의도가 있는지 헤아려볼 필요가 있다.

옛 선조들은 '손가락만 보지 말고 달을 보라' 고 하셨다. 손가락 자체가 아닌 손가락이 가리키는 곳을 봐야 본질을 제대로 볼 수 있기 때문이다. 직장에선 본질뿐 아니라 손가락이 엉뚱한 곳을 가리키고 있을 가능성 또한 배제해서는 안 된다.

직장
정글의
법칙

04

밉상 질량 보존의 법칙

얼마 전 사원 교육에 다녀온 신입이 말했다.

"2박 3일 내내 교육받으러 가서 열만 받고 왔어요."

무슨 일 있었느냐는 허대리의 질문에 신입이 열변을 토한다.

"기획팀에 제 동기 김정균이라고 아시죠? 2박 3일 교육 기간 동안 같이 있어 보니까 아주 몹쓸 친구였어요. 생색나는 일할 때는 앞장서고 표 안 나는 일, 뒤치다꺼리는 죄다 다른 동기들한테 미루고 슬쩍 빠지더라고요."

신입의 목소리가 점점 커졌다.

"이번엔 정말 심했어요. 교육받은 내용을 보고서로 작성할 땐 손 하나 까딱 안 하다가 인사팀장님이 와서 잘돼 가냐고 물어보시니까 갑자기 혼자 다 한 것처럼 나서서 브리핑을 하지 않나, 인사팀장님한테 헤어스타일 바꾸시니까 열 살은 젊어 보이신다는 둥 평소 존경해왔다는 둥 어찌나 아부를 해대는지 나 원 참 기가 막혀서. 그 친구 때문에 우리 조 평가 점수가 엉망이었어요."

허대리가 의아해하며 물었다.

"그래? 기획팀 신입 김정균 씨는 일 잘한다고 소문났던데?"

백차장도 거들었다.

"외모도 훈남이잖아."

신입의 목소리가 더 커졌다.

"그렇게 외모만 보고 판단하는 분들 때문에 제가 아주 미~추어 ~버리겠다니까요. 사실 저희 동기 중에 양경우라고 소문난 밉상이 있거든요. 일은 남한테 다 미루고 아부만 하는 녀석인데 상사가 걸어오면 저절로 알아서 딸랑거린다고 해서 오죽하면 별명이 워낭소리예요. 그 친구랑 같은 조 될까 봐 노심초사하다가 김정균이랑 같은 조 돼서 다행이다 했더니 이 친구가 한술 더 뜨는 거 있죠?"

옆에서 듣고 있던 이과장이 말했다.

"이봐 신입. 학교에서 질량 보존의 법칙 배웠지? 직장에는 **밉상 질량 보존의 법칙**이라는 게 있어. '저 사람만 없으면 좋을 텐데.' 하면서 부서를 옮기거나 이직하면 거기 또 다른 밉상이 있다는 말이야. 알았어?"

그 밉상도 언젠간 지나가게 되어 있어. 물론 그다음엔 또 다른 밉상이 찾아오겠지만.

매일 같은 공간에서 만나는 밉상을 피하고 싶지만 피하면 또 다른 밉상을 만난다.

피할 수 없다면 즐기라고 했다. 피할 수도 없고 즐길 수도 없다면 적응만이 살 길이다. 적응을 위해서는 마음을 다스려야 한다.

마음대로 안 되더라도 마음이 정답이다. 밉상에 대처하는 자세는 마음 다스리기다.

직장 정글의 법칙

05

은밀한 사생활

이른 아침, 허대리가 가방을 들고 허겁지겁 사무실로 뛰어들어
왔다. 이를 본 신입이 놀란 얼굴로 물었다.

"대리님, 오늘 이과장님이랑 거래처로 바로 출근한다고 하지
않으셨어요? 무슨 일 있는 거예요?"

"어. 그러려고 했는데 거래처로 가던 길에 과장님 전화를 받았
어. 오늘 아침까지 제출할 품의서를 회사 컴퓨터에 저장해놓고 왔
다면서 사무실에 들러서 제출을 대신해달라고 해서 일단 이리 온
거야."

그때 허대리에게 전화가 왔다. 이과장이다.

"과장님. 지금 과장님 컴퓨터를 켜고 있는 중인데요. 비번이 걸

려 있네요?"

수화기 저쪽에서 이과장의 목소리가 들려왔다.

"영타에 놓고 '올해는 승진하자'를 쳐 봐."

이과장의 다급한 속내가 드러나는 비번이다. 컴퓨터가 부팅되고 바탕화면을 보던 허대리가 이과장에게 물었다.

"과장님, 바탕화면에 폴더가 너무 많아요. 근데 과장님 혹시 까마귀 좋아하세요? 폴더 이름이 '까마귀, 새까마귀, 새새까마귀, 새새새까마귀…… 이런 식인데 그중 어떤 폴더 안에 품의서가 있어요?"

뜻밖의 질문에 당황했는지 이과장의 목소리가 한층 커졌다.

"허대리, 까마귀 폴더는 열어보지 말고 '회사 문서'라는 폴더를 열어봐."

그러나 허대리는 이과장의 답을 듣기 전에 이것저것 클릭했고, 한 폴더를 열게 되었다.

"앗! 과장님, 제가 실수로 까마귀 폴더를 열었어요. 근데 동영상 파일만 잔뜩 있는데요?"

수화기 저편에서 이과장의 절규가 이어졌다.

"안 돼! 허대리, 허대리, 허대리 나한테 왜 이래? 그거 손대지마. 잘못 건드리면 지워진단 말이야. 얼른 닫고 품의서만 찾아봐, 제발……."

허대리와 이과장이 전화로 실랑이하는 동안 장부장이 옆에 와 서 물었다.

"허대리, 혹시 이과장 전화야? 그럼 나 좀 바꿔줘."

허대리에게 전화를 건네받은 장부장이 쿵쿵 헛기침을 몇 번 하 고 말했다.

"이과장! 전에 준 은밀한 파일이 결정적인 부분에서 자꾸 끊 겨. 전송 과정에서 손상된 것 같은데 원본 파일을 줘봐. 회사 컴 퓨터에 있다고 했지? 지금 컴퓨터가 켜져 있으니까 파일 이름만

말해주면 내가 USB에 저장해 갈게. 어느 폴더에 있어? 파일 이름은 뭔가?"

　　그러자 수화기 너머 이과장은 아무 말 없이 이런 소리만 냈다.

　　"까악~ 까악~."

회사 컴퓨터에 비밀리에 저장해둬야 할 파일이 있다면 남들이 관심 갖지 않을 이름으로 폴더명을 만들면 좋다.

가장 좋은 것은 학교 때 싫어했던 과목 이름이다.

미시경제학, 거시경제학, 미분, 적분, 기하 벡터, 피타고라스의 정리.

직장
정글의
법칙

06

3·6·9는
게임이 아니다

부장과의 면담 이후 표정이 심상치 않은 이과장, 결국 자리에 앉다 말고 큰소리로 외친다.

"이번엔 진짜 관둘 거야!"

신입이 눈치를 보니 부장에게 엄청 깨진 모양이다.

"부장님이 뭐라 하세요?"

곧장 이과장의 답이 날아들었다.

"뭐라고 하신 정도가 아니라 인신공격성 발언을 엄청나게 쏟아 내셨지."

급기야 결재판을 집어 던진 이과장은 아예 두 팔을 걷어붙인다.

"나 오늘 사표 낼 거야. 반드시!"

그러자 백차장이 말했다.

"또 시작됐구먼. 3·6·9 증후군. 이과장이 또 저러는 거 보니까 석 달쯤 지났나보네?"

신입이 의아해하며 물었다.

"3·6·9 증후군이 뭐예요?"

신입의 물음에 백차장이 조곤조곤 설명을 시작했다.

"별거 아냐. 3개월, 6개월, 9개월마다 직장 생활에 대한 회의와 우울증과 무기력증이 반복적으로 찾아오는 거지. 한마디로 이과장처럼 스트레스 받아서 회사 때려치운다는 말을 석 달에 한 번씩 하는 사람들한테 나타나는 현상이야."

듣다 못한 이과장이 말했다.

"아이, 차장님도 참. 저는 3·6·9 증후군이 아니라 파랑새증후군이에요. 요즘 파랑새 증후군을 호소하는 직장인들이 얼마나 많은지 아세요?"

백차장이 말했다.

"그래, 맞아. 이과장도 아네? 요즘 그런 사람들 많지. 하지만 이과장처럼 현재의 일에 만족하지 못하고 미래의 막연한 행복만을 추구하다가는 **파랑새**가 아니라 **낙동강 오리알**이 되는 수가 있어. 명심해."

그런 의미에서
오늘 삼겹살 회식 어때요?

3·3·3 법칙이란 게 있다.

사람을 만나면 3초 안에 첫인상이 결정되고 3분 동안 행동을 관찰하다
보면 그 사람에 대해 판단을 하게 되고 끝으로 그 판단을 바꾸려면 3년
이 걸린다는 뜻이다.

하지만 3·6·9 증후군을 보이거나 파랑새증후군에 시달리는 직장인들
에게는 또 다른 3·3·3 법칙이 필요하다. 힘들어서 그만두겠다는 말을
하고 싶을 때 3초만 참고 3분 동안 생각을 정리하고 3일이 지나도 생각
이 바뀌지 않으면 입 밖으로 내라는 것이다.

3·3·3 법칙을 지키면 직장인의 삶이 삼삼해질지도 모른다.

직장
정글의
법칙

07
영업 사원 속사정

우연히 버스 정류장에서 대학 동기를 만난 이과장, 반가운 마음에 먼저 다가가 인사를 건넸다.

근데 어째 동기의 표정이 밝지 않다.

어디 가는 길이냐고 이과장이 묻자 고객 만나러 가는 길이란다.

"너 영업하니?" 하고 물으니 곧장 대답이 돌아왔다.

"어. 대학 졸업하고 취준생 2년 하다가 영업 사원으로 취직했는데 작년부터 경기가 나빠져서 실적이 바닥이야. 아침마다 '오늘은 어디 가서 영업하나……' 하는 걱정에 눈뜨기가 두려워. 특히 요즘처럼 실적이 안 좋을 땐 월말 마감이 제일 무섭고."

듣고 보니 남의 일이 아니었다. 이과장도 저절로 어깨가 움츠러

들었지만 일부러 목소리에 힘을 줘서 말했다.

"힘내. 너 학교 때부터 패기 있었잖아." 하고 격려했지만 동기

는 한숨만 내쉬었다.

"패기? 그거 먹는 거니? 난 그거 잃어버린 지 오래됐어. 입사

할 때만 해도 야심차게 북극 가서 냉면 팔고 아프리카에서 핫팩도 팔 자신이 있었는데. 이젠 핫팩 팔러 아프리카에 가려고 해도 교통비 없어서 못 가.”

“그게 무슨 소리야? 교통비 없어서 못 간다니?”

“우리 같은 영업 사원들은 직업의 특성상 기본급은 적고 인센티브가 많은데 이렇게 실적이 저조한 달엔 교통비랑 점심 값 해결하기도 빠듯하거든. 계약 성사는 하늘에 별 따기고 사무실에 들어가면 실적 스트레스가 파도처럼 밀려든다. 으악!”

이과장이 안쓰러운 마음에 “커피 한잔 사줄까?” 하고 물었더니 뜻밖에 대답이 돌아왔다.

“아니. 니가 잘 모르나본데 영업 사원들은 고객들 만날 때마다 커피를 하루에도 몇 잔씩 마셔서 친구랑은 안 마셔. 커피를 앞에 두면 자동으로 고객 대하는 모드가 되거든. 안녕하십니까? 고객님.”

> 영업 사원의 48퍼센트가 한 번 시도하고 물러난다.
> 영업 사원의 25퍼센트가 두 번 시도하고 물러난다.
> 영업 사원의 15퍼센트가 세 번 시도하고 물러난다.
> 영업 사원의 12퍼센트는 계속 시도한다.
> 이들이 전체 판매량의 80퍼센트를 달성한다. 거절에도 불구하고 한숨을 딛고 일어서 다시 시도해야 성공에 가까워진다.

직장 정글의 법칙

08
부장님은 초능력자

장부장이 아침부터 자리를 지키고 앉아 팀원들을 뚫어져라 보고 있다.

체기가 있는 것처럼 팀원들 속이 영 불편하기 짝이 없는 가운데, 결국 백차장이 총대를 메기로 했다.

"부장님 오늘 간부 회의 없어요?"

그러자 장부장이 퉁명스럽게 되물었다.

"그건 왜?"

"아니, 아침부터 지금까지 내내 사무실에 꼼짝 않고 앉아서 저희들만 노려보고 계시니까 부담스러워서 그러죠."

그러자 장부장이 기다렸다는 듯이 날카로운 지적을 쏟아냈다.

"이과장! 주식 시세 그만 좀 보고 일하지 그래?"

"히이익! 어떻게 아셨어요?"

이과장이 놀라서 대답했다.

"백차장도 인터넷 쇼핑 사이트 그만 좀 들락거리고 일 좀 해."

"전 정말 잠깐 들어간 거예요. 그것도 일부러 들어간 게 아니라 다른 사이트 클릭하다가 배너를 잘못 건드려서……."

허대리가 급하게 도와줬다.

"맞아요. 그렇게 의도하지 않게 쇼핑 사이트 들어가게 될 때가 있다니까요!"

장부장은 개의치 않고 이어나갔다.

"신입. 택배는 받아왔어? 도대체 물건을 몇 개나 산 거야? 근무 중에 택배 기사한테 무슨 전화를 그렇게 많이 받나?"

죄송하다는 신입의 말이 떨어지기가 무섭게 장부장의 불호령이 떨어졌다.

"허대리, 일하는 척하면서 메신저로 친구들이랑 수다 떠는 거 다 보여. 당장 메신저 창 닫아."

"네. 죄송합니다. 급한 공지 사항이 있어서요."

부장이 온종일 자리를 지키고 앉아 있으니 다들 불편했다.

백차장이 "부장님, 점심시간인데 식사 안 가세요?" 하고 물으니 부장은 "난 됐어. 나가서 먹고 후딱 들어와서 일들 해." 한다.

팀원들이 점심을 먹고 오니 장부장이 자리에 없었다.

"부장님이 안 계시니까 편하네요. 오전 내내 노려보고 계시니까 할 일도 안 되더라고요."

"근데 부장님 어디 가신 걸까? 난 결재받을 게 있는데."

그때부터 하나둘씩 부장을 찾다가 결국 백차장이 전화를 했다.

"부장님. 어디 계세요? 저 결재받을 게 있어요."

수화기 너머에서 외근 갔다가 바로 퇴근할 거라는 부장의 대답이 들렸다.

'으아악, 바로 퇴근요? 오늘 결재받긴 다 틀렸다!'

> 개똥은 약에 쓸려면 없고 부장님은 결재받으려고 할 때만 자리를 비운다.
> 부장님에게 소맥잔 양맥잔 말아서 원없이 건네고 돌려받았지만
> 부장님에게 진짜 돌려받고 싶은 건 결재판이다.

직장
정글의
법칙

09

달리면 달라진다

이과장이 아침부터 씩씩대고 있다.

"아이 진짜! 서러워서 에잇! 퉤, 퉤, 퉤!"

허대리가 다가가 조심스레 물었다.

"과장님, 아침부터 무슨 일 있으세요?"

"아주아주 기분 나쁜 일이 있었어. 좀 전에 엘리베이터 앞에서 영업부 남차장을 만났어. 그 친구 나랑 입사 동기인데 얼마 전에 승진했거든."

백차장도 거들었다.

"나도 알아, 영업부 남차장. 잘생겼잖아."

그 말을 듣고 얼굴이 더욱 시뻘게진 이과장이 흥분해서 말했다.

"걔가 뭐가 잘생겼어요? 눌린 찐빵같이 생겼지."

"근데, 둘이 또 싸웠어?"

"싸운 게 아니고 제가 반가운 마음에 '창훈아' 이러면서 이름 불렀다고 얼굴색 싹 바꾸면서 '누구? 설마 혹시 나 불렀나? 이.과.장!' 이러는 거예요. 그러더니 '이과장 말이 짧네? 말꼬린 어디다 떼먹었어? 여긴 엄연히 회사야. 남차장님이라고 부르고 존대해야지. 엉?' 그러는 거 있죠! 나 원 참, 더럽고 치사해. 먼저 승진했다고 잘난 척하기는."

백차장이 의외라는 듯 대꾸했다.

"그랬어? 과장 시절엔 그렇게 앞장서서 차장 욕하더니만 남차장도 차장 달더니 사람이 변했네."

백차장의 말이 끝나기가 무섭게 이과장이 달려들었다.

"누가 아니래요. 동기 중에 제일 먼저 승진한 친구가 상사 노릇 하는 거 보면서 제일 심하게 욕한 사람이 남차장인데 승진하자마자 뒷목에 깁스를 하고 다니니 저러다 부장되면 아유! 어디 눈뜨고 보겠어요? 게다가 이번 승진도 뭔가 석연치가 않아요. 우리 회사 이사 중에 남차장 처가 쪽 사람이 있다는 소문이 있다니까요."

그러자 백차장이 말했다.

"그런 소문이 있구나. 하긴 남차장 이번 승진이 좀 뜻밖이긴 했어. 사실 말이 나와서 말이지 우리 부장님도 승진하고 나서 백팔십도 달라진 케이스잖아. 그 전엔 어떻게든 놀 궁리만 하다가 부장이 되고 나니까 열심히 일하는 척하면서 사사건건 회사 입장 대변하느라 바쁘잖아. 어쩜 사장님 친척일지도 몰라."

그때 백차장 뒤에서 부장의 목소리가 들렸다.

"백차장, 뭐? 내가 사장님 친척? 내가 사장님 친척이면 백차장 같은 직원을 그냥 두겠어? 그러는 백차장은 차장되기 전과 후가 같나? 같냐고?"

백차장이 빠르게 대답했다.

"아유, 다르죠. 전 사실 차장 달기 전까진 간부의 입장을 제대로 이해하지 못했는데요. 차장이 되고 난 다음부터는 진심으로 부장님을 존경하고 있습니다. 사랑합니다, 부장님!"

> 승진한 사람들의 면면을 보면 뭔가 석연치 않아서 상대적 박탈감에 시달리게 될 때가 있다. 오죽하면 '승진은 1퍼센트 노력과 99퍼센트의 빽으로 이루어진다'는 직장인 명언도 있다.
> 하지만 승진은 직장인들의 목표이자 존재 이유이기에 승진하기 위해서는 '높이는 것'이 필요하다. 토익 점수, 실적, 그리고 업무 효율까지. 직장인들은 오늘도 달린다. 이름 뒤에 직함이 달릴 그날을 위해.

직장 정글의 법칙

10

고개를 무사히
넘게 하는 고개

점심 식사를 마치고 돌아오자, 장부장이 팀원들을 불러모아 공표했다.

"자, 하반기 신제품 아이디어 낸 것 중에 허대리가 낸 궁중요리 전문가와의 콜라보레이션이 1차 통과됐어. 실현 가능성부터 타진해보고 다시 보고하도록!"

이과장이 부러워하며 말했다.

"허대리, 좋겠다. 난 아이디어를 내도 맨날 까이는데……."

"아직 확정된 것도 아니고 실효성도 검토해봐야 해서 갈 길이 멀어요. 일단 궁중요리 전문가부터 만나려고요."

이과장이 나섰다.

"그래? 그럼 나도 같이 갈까? 허대리가 차린 밥상에 숟가락 좀 같이 얹자!"

다음 날, 부장이 경과를 물었고 이과장이 냉큼 나서서 대답했다.

"궁중요리 전문가가 머리 하얀 할머니신데 제품화에 관심이 별로 없으시더라고요."

"아무래도 실현 가능성이 떨어지는 아이디어였나 봐요."

허대리의 자책에 백차장은 혀를 끌끌 차며 바라보았다.

"허대리 하는 일이 다 그렇지. 의욕은 넘치는데 뭐 하나 완벽하게 하는 게 없어. 근데 이과장이 보기에도 전혀 가능성이 없어 보였어?"

"사실 처음에 허대리가 제안서 설명할 때는 열심히 들으셨는데 저희가 조리 단계를 몇 개 빼고 간단식으로 하자니까 바로 언짢은 표정을 지으시더라고요. 음식은 정성이라고. 단계를 줄이는 건 절대 안 된대요."

"그래서 바로 포기한 거야?"

그러자 이과장이 멋쩍게 웃으며 덧붙였다.

"허대리는 좀 더 매달려보자고 했는데요, 제가 딱 보니까 할머니가 앞뒤가 꽉 막힌 게 말이 안 통하겠더라고요. 그래서 포기했죠."

그 말을 들은 백차장이 한심스럽다는 듯 이과장에게 말했다.

"쯧쯧쯧. 따라가서 돕지는 못할망정 초를 쳤구먼."

그때 장부장이 의미심장하게 물었다.

"이봐, 이과장. 직장인들이 고개를 어떻게 써야 하는지 아나?"

이과장이 고개를 가로로 저었다.

그 모습을 본 장부장이 말했다.

"고개는 지금 이과장처럼 가로저으라고 있는 게 아냐. 숙이라고 있는 거야. 고개 숙여서 부탁하고 사과할 줄 알아야 직장인이야. 벼는 익을수록 고개를 숙이지만 직장인은 사시사철 고개를 숙여야 한다고. 알았어? 다시 가서 고개 숙여 부탁하고 와."

온라인 취업 포털 '사람인'이 직장인 651명을 대상으로 '직장 생활에서 나만의 생존 처세술 필요성 여부'를 조사한 결과 95퍼센트 이상이 필요하다고 대답했다.
그렇다면 직장인들이 가장 필요하다고 생각하는 처세술은 뭘까?
1위는 '몸을 낮추는 겸손한 자세'였다. 이어서 '인사성, 미소' '감정을 잘 나타내지 않는 포커페이스' '어떤 질타도 이겨내는 정신력'을 꼽았다.

직장
정글의
법칙

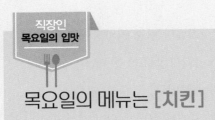

목요일의 메뉴는 [치킨]

일주일 중에 가장 피로가 쌓이는 목요일.

퇴근할 수 있다면 치맥으로 즐기겠지만 목요일은 야근도 가장 많은
날이다.

야근을 하게 되면 직장인들이 좋아하는 야식 1위에 빛나는 치킨
을 치맥이 아닌 '사치(사무실에서 먹는 치킨의 줄임말)'로 즐길 수밖
에 없다.

목요일의 치열한 눈치작전.

치맥은 진정 사치(奢侈)일까?

치킨이 치맥이 될 것이냐, 사치가 될 것이냐. 그것이 문제로다.

지치고 피곤한 목요일에 위로가 되는 건

고소한 치킨 그리고 하루만 더 버티면 금요일이라는 사실!

FRIDAY

제5부

금요일

01

내 통장은 정류장

지각이 일상이던 이과장이 아침 일찍 사무실로 들어왔다.

놀란 허대리가 물었다.

"어? 과장님이 이 시간에 웬일이세요? 아직 출근 시간이 30분이나 남았는데."

과장이 쑥스러워하며 대답했다.

"으응, 버스 타고 왔어. 아침엔 버스가 훨씬 빠르네."

"오늘은 차 안 가지고 출근하셨어요?"

"어. 사실은 나 기름 값이 없어서 두고 온 거야."

허대리가 알겠다는 표정으로 말했다.

"아아, 과장님도 저처럼 보릿고개시구나."

보릿고개란, 원래 지난가을에 수확한 양식은 바닥이 나고 보리는 미처 여물지 않은 오뉴월을 말하는 것으로 1960년대까지만 해도 흔하게 쓰이던 말이다.

직장인들의 보릿고개는 월급날이 지나고 나서 며칠 후부터 시작된다.

이과장이 잔뜩 우울한 표정을 지으며 말했다.

"지난 추석 때 부모님 용돈 드리고 장인 댁에 선물 사가고 하필 우리 마누라 생일도 이때라서 카드를 좀 많이 긁었거든. 남들에게는 명절이 가족끼리 모이는 기분 좋은 날이라지만 나한테는 가정 경제 파탄의 날이야."

"저도 지금 보릿고개예요. 엊그제 들어온 월급은 대체 다 어디로 간 건지. 매달 일주일을 못 넘겨요. 엄마한테 생활비 드리고 할부금 내고 카드 대금 빠져나가니까 잔액이 이틀 만에 3,211원이더라고요. 월급님은 언제나 **로그인** 하자마자 순식간에 **로그아웃** 하시죠."

달 보며 부르는 노래는 달 타령, 카드 대금 빠져나간 통장 보면서 신세 한탄하는 노래는 **월급 타령**이다. 월급 타령을 하던 이과장이 말했다.

"월급은 **사이버머니** 같아. 언제나 통장을 **스치듯 안녕!**"

마침 출근해서 가방을 내려놓던 백차장이 맞장구를 쳤다.

"내 통장은 정류장이야. 월급이 잠깐 스쳐 지나가는 정류장. 근데 우리 월급은 도대체 언제 오르는 거야?"

허대리의 자조 섞인 한마디가 이어졌다.

"에이, 과장님도 참. 오죽 월급이 안 오르면 월급 빼고 다 오른다는 말이 있겠어요. 물가도 엄청 올랐잖아요."

"맞아. 우리 마누라는 마트 갈 때마다 혈압이 오른대. 아, 월급 말고 안 오르는 거 또 있어. 우리 아들 성적. 그거 정말 안 오르더라. 하하하!"

웃픈 퀴즈.
모든 게 올라도 오르지 않는 것, 두 가지는?
직장인들의 월급과 행복지수.

직장
정글의
법칙

02

부재의 시대

아침부터 이과장이 다급하게 백차장에게 다가온다.

"차장님, 소식 들으셨어요? 영업부 최대리 사표 냈대요!"

"아니 타 부서 대리가 사표 낸 게 아침부터 그렇게 호들갑 떨 일이야?"

"단지 사표가 아니라 히스토리가 있거든요."

히스토리가 있다는 말에 다들 솔깃해서 이과장 주변으로 모여 들었다.

"지난번에 영업부 남과장이 남차장으로 승진한 게 실적이 좋아 서였잖아요. 근데 그게 사실은 최대리가 올린 실적을 가로챈 거였 대요."

다들 눈이 휘둥그레지자 이과장이 신나서 말했다.

"최대리가 억울해서 계속 의견을 어필했는데, 회사에서 이미 승진 처리된 결과를 번복할 수 없다고 했다네요. 그래서 이 회사는 상식 부재, 원칙 부재, 롤 모델이 될 만한 상사 부재로 인해 계속 다닐 수 없다면서 그만둔 거래요."

동요할 줄 알았던 백차장이 뜻밖의 말을 내뱉었다.

"쳇. 그래 봐야 저만 손해지 뭐. 그 나이에 사표 던지고 갈 데가 있겠어? 곧 직장 부재, 일터 부재, 통장 잔고 부재의 고통을 온몸으로 느끼게 될 거야."

묵묵히 듣고 있던 신입이 나섰다. 🙂

"근데 저는 최대리님이 한 말 중에 롤 모델이 될 만한 상사 부재, 이 부분에 공감이 가네요. 사실 직장인들이 버티려면 멘토가 필요한데 우리 회사는 멘토 부재가 심각해요."

곧바로 백차장의 돌직구가 날아들었다.

"내가 보기엔 **멘토** 부재가 아니라 신입의 **멘탈**이 부재인 거 같은데? 어디 선배들 앞에서 그런 소릴 해?"

신입이 바로 맞받아쳤다.

"역시 우리 회사는 자유 부재네요. 언론의 자유 부재."

최대리의 동기라는 허대리에게 질문이 쏟아졌다.

"허대리는 동긴데도 전혀 몰랐어?"

"정말 몰랐어요."

이과장이 한마디 던졌다.

"하긴 허대리는 고급정보에 좀 둔하지. 정보 부재랄까? 사실 직장인들에게 없는 게 어디 한둘이야? 일단 정시 퇴근 부재. 비전 부재. 아, 생각할수록 부재가 정말 많다. 부장님한테 깨질 땐 내 영혼 부재."

세계적인 베스트셀러 『시크릿』의 실제 주인공인 밥 프록터는 '당신의 인생에 나타나는 모든 현상은 당신이 끌어당긴 것이다' 라고 말했다. 끌어당김의 법칙이라는 게 있다.

보이지 않는 커다란 힘이 사람들을, 직장을, 이런저런 상황과 관계를 우리 삶으로 끌어당기고 있다는 것이다. 여기에는 우리가 원하는 것도 있고 원하지 않는 것도 있다. 내가 품고 있는 생각과 행동이 비슷한 성질의 것을 끌어들여 현실화하는 법이다. 오늘도 좋은 일이 일어난다고 생각해야 실제로도 좋은 일이 일어난다. 이왕이면 부재보다는 존재하는 것을 더 크게 받아들이는 노력이 필요한 이유다.

직장
정글의
법칙

03

직장인의
등골브레이커

점심시간, 이과장이 한숨을 쉬며 말했다.

"요즘 점심 값이 너무 비싸. 5,000원짜리는 찾아볼 수도 없고 먹었다 하면 6,000~7,000원은 기본에 만 원짜리도 있어. 으악!"

옆에 있던 허대리가 맞장구를 쳤다.

"맞아요 맞아요. 거기에다가 테이크아웃 커피라도 한잔 마시면 헉……."

"나 요즘 보릿고개거든. 월급은 이미 다 빠져나갔고. 허대리, 우리 오늘부터 다음 달 월급날까지 편의점에서 컵라면으로 점심 때울래?"

그렇게 며칠 동안 이과장과 허대리는 점심을 편의점에서 해결했다.

1주일 후 점심시간.

"허대리. 밥 먹으러 편의점 가자. 나 보고서 준비 안 돼서 빨리 먹고 와야 해."

허대리가 머뭇거리며 대답했다.

"아……, 오늘은 과장님 혼자 다녀오세요."

"왜? 오늘은 점심 굶고 일하게? 아니면 엄청나게 싼 밥집을 발견이라도 한 거야?"

"아뇨. 저 컵라면 먹기 지겨워서 오늘은 도시락 싸왔어요."

"뭐라고? 도시락? 하얀 쌀밥 위에 콩으로 하트 박아놓고 막 그런 도시락?"

"아뇨. 그냥 제가 아침에 먹다 남은 거 좀 싸왔어요."

이과장이 반기며 달려든다.

"그래? 어디 허대리 도시락 싸는 솜씨 좀 보자. 엉? 열어봐."

도시락을 본 이과장, 갑자기 숟가락으로 밥을 꾸욱 찔러본다.

'뭐지? 이 느낌은?'

이상한 생각이 든 허대리가 묻는다.

"아니, 과장님. 지금 뭐하시는 거예요?"

그러자 이과장이 말했다.

"아아, 나 지금 못 먹는 감 찔러나 본 거야. 내가 학교 다닐 땐 계란이 귀해서 엄마가 어쩌다 계란 프라이를 넣을 땐 밥 밑에다가 깔아주셨거든. 허대리 도시락에도 계란 프라이가 깔려 있는지 찔러본 거야. 깔려 있어도 나는 못 먹을 테니까 나한테는 못 먹는 감이지 뭐. 하하!"

취업 포털 '잡코리아'의 조사 결과, 직장인들이 사랑하는 점심 메뉴는 김치찌개, 백반, 돈가스, 김밥순이었고 직장인의 점심 끼니 비용은 2009년 평균 5,193원에서 매년 약간씩 상승해온 것으로 나타났다.
2014년에는 지난해보다 평균 269원이 증가해 6,500원대에 접근했고, 올해 들어서는 직장인들이 점심 값으로 쓰는 돈의 규모가 하루 평균 6,488원에 이르는 것으로 밝혀졌다.
5년 전과 비교했을 때 무려 1,295원이나 상승해 역대 가장 높은 수준이다.
한때 청소년들이 선호하는 유명 브랜드의 점퍼가 부모님의 등골을 휘게 한다는 뜻에서 등골브레이커로 통하기도 했고 취준생들에겐 고가의 정장이 등골브레이커로 통하기도 했다.
이제는 점심 값이 직장인의 등골브레이커로 급부상하고 있다.

직장 정글의 법칙

04

복사는 복병이다

조용한 오후, 사무실에 백차장의 목소리가 울려 퍼졌다.

신입을 앞에 세워놓고 버럭 버럭 소리를 지르는 중이다.

"지금 뭐 하는 거야? 아까 내가 복사하란 서류 왜 안 가져와?"

"여기 있습니다."

서류를 뒤적이던 백차장이 한 번 더 화를 냈다.

"아니, 이게 뭐야! 복사도 제대로 못 해? **복사**도 못 하는데 **입사**는 대체 어떻게 한 거야? 그리고 모르면 물어봐서 해야지 제대로 할 줄도 모르면서 왜 맘대로 해?"

신입은 서둘러 허대리에게 다가가서 복사한 서류를 내밀며 도움을 청했다.

"저, 이거 잘못한 건가요?"

허대리가 말했다.

"아, 철을 잘못했네. 서류를 철할 때는 왼쪽 옆으로 해야 해. 그러니까 복사할 때도 그걸 계산하고 옆에 자리를 좀 남겨서 복사를 해야지. 아님 글씨가 잘려."

"입사할 때는 뭐든 완벽하게 해낼 거라 장담했는데, 복사에도 이런 기술이 필요하네요."

신입의 푸념에 허대리가 괜찮다는 듯 어깨를 토닥이며 자신의 경험담을 털어놓았다.

"난 신입 때 한 일 중에 복사가 제일 어렵더라. 복사기 사용법도 모르겠고 마음 급할 땐 꼭 종이가 걸려서 혼나게 만들더라고."

"아. 누구나 할 수 있을 것 같은 복사가 제 발목을 잡을 줄 정말 몰랐어요. 기본적인 것도 못한다고 혼도 많이 나고 생각보다 정말 힘들어요."

신입의 말에 허대리가 씩 웃으며 말했다.

"그래도 복사는 하면 좀 나아져. 회사에선 복사보다 더 힘든 게 있지!"

"그게 뭔데요?"

"**상사.** 동시에 일 시키면 누가 시킨 일부터 해야 하나도 고민이고. 어떤 상사는 할 줄 아는 거 아무것도 없는 신입이니까 가만있으로고 하고 어떤 상사는 왜 가만히 있느냐고 나무라고. 매 순간 상사들의 눈총이 뒤통수를 때리는 거 같아서 출근하면 상사들 눈치 보느라 좌불안석. 안 그래?"

직장 정글의 법칙

05

체력도 실력이다!

신입이 점심시간이 되자마자 급하게 자리에서 일어났다.

이를 본 허대리가 눈을 동그랗게 뜨고 물었다.

"신입, 점심시간인데 어딜 가? 약속 있어?"

"점심은 가볍게 샐러드 먹고 운동하려고요. 회사 앞에 있는 헬스장에 등록했거든요."

점심시간에 운동한다는 말에 다들 놀라서 신입을 쳐다봤다.

"온종일 사무실에 앉아서 일만 했더니 배도 나오고 야근하느라 운동을 못 했더니 잔병치레도 많아져서요. 사실 직장인들에겐 몸이 유일한 재산인데 저의 유일무이한 재산을 더 이상 방치할 순 없잖아요."

놀란 이과장이 물었다.

"신입 설마 식스팩 있어?"

"한때 탑재하고 있었는데 지금은 이별한 상태예요. 열심히 운동해서 다시 제 것으로 만들려고요."

허대리의 탄식이 배어나왔다.

"아, 운동. 나에겐 평생 숙제 같은 건데 신입은 대단하다. 그래도 그렇지 황금 같은 점심시간에 운동을 한다고?"

"네. 처음 입사했을 때만 해도 퇴근하면 헬스장 가려고 했는데 툭하면 야근하고 회식도 하고. 일 끝나면 피곤해서 손가락 하나 까딱하기 싫고. 결국 매번 빠지게 되더라고요."

이과장이 거든다.

"에이, 날마다 노동을 하는데 무슨 운동을 또 해?"

백차장이 대꾸한다.

"아이고, 이 무식한 이과장. 노동이랑 운동이 같냐?"

허대리도 한숨이 난다.

"휴. 나도 운동해야 하는데 시간이 너무 없어."

운동 마니아인 신입이 대답했다.

"시간은 내면 되는 거죠. 허대리님한테 없는 건 **시간**이 아니라 **의지**인 거 같아요. 근무 중에도 틈을 내면 얼마든지 운동할 수 있어요. 점심 먹고 회사 근처 한 바퀴 뛰든지. 사무실에 아령 갖다놓

고 눈으로는 서류 읽으면서 손으로는 아령 들고 운동할 수도 있잖
아요."

솔깃한 이과장이 말했다.

"그럼 나도 그렇게 해볼까?"

그러자 날아든 백차장의 돌직구!

"이기적 과장, 넌 평소에도 사무실에서 운동 많이 하잖아. **혓바
닥 운동**이랑 **잔머리 굴리기 운동!**"

이제 나도
식스팩을 만들고
말 테닷!

직장인에겐 체력도 실력이고 능력이다.

직장
정글의
법칙

06

보고서 수정은
수난을 부른다

크리스마스 시즌에 맞춰 제작하기로 한 신제품 기획서의 세부 실행 방안을 검토하던 신입이 비장한 표정으로 이과장에게 다가 가 보고를 했다.

"과장님. 아무래도 이 기획은 전면 재검토를 해야 할 것 같습니다."

이과장은 자신 없게 말했다.

"이미 상무님 결재까지 받은 보고서라서 수정이 불가능할걸?"

신입이 목청을 높였다.

"잘 들어보세요. 크리스마스의 상징인 빨간색이랑 딸기를 엮어 서 딸기 제품을 출시하려면 딸기 수급이 원활해야 하는데 지금 리

스트 업 해놓은 딸기 농장은 12월 중순에 딸기를 수확하거든요. 크리스마스 전에 제품을 출시하려면 늦어도 11월 초까지 딸기가 확보돼야 하잖아요. 보고서에 적힌 대로 하면 너무 늦어요."

구체적으로 문제점을 지적하니 이과장의 안색이 변했다.

신입이 신나서 "부장님께도 보고드릴까요?" 하자 이과장이 펄쩍 뛴다.

"이제 와서 그러면 어떡해? 신입은 지금 무슨 대단한 발견이나 한 것처럼 들떠서 들쑤시려고 하는데 말이야. 조직에서는 혼자 튀려고 하면 안 되는 거야. 지금처럼 보고서가 임원 결재까지 난 상황이면 그 안에서 대책을 세우려고 노력해야지, 덮어놓고 수정만 하자는 것은 문제적 사원이 되는 지름길이라고."

보고서의 기본은 흔들지 말라는 이과장의 말에 신입이 단호하게 말했다.

"이 경우 일정을 맞추려면 냉동 딸기를 써야 하는데, 냉동 딸기의 경우 아무래도 신선도와 맛이 떨어질 거예요. 전면 재검토 및 수정은 불가피합니다."

잠시 멈칫했던 신입이 다시 입을 열었다.

"과장님. 아무리 생각해도 이해가 안 가서 그러는데요. 통과된 보고서를 수정하자고 하면 안 되는 거예요?"

그러자 이과장이 말했다.

"당연하지. 조직에서 이미 통과된 보고서에 고치자고 하는 것은 직원이 자신의 존재감을 드러내려는 의도로 해석될 수 있어."

신입은 황당했다.

"그럼 이 보고서대로 일이 진행되게 가만히 있자고요?"

"난 원래 평소에도 불의를 보면 꾹 참는 성격이라서 가만히 있을래."

그때 저쪽에서 백차장의 목소리가 들려왔다.

"거기 이과장 가마니 조용히 좀 하지. 무슨 가마니가 말을 해?"

이미 결재가 끝난 보고서를 수정하자고 하는 직원은 존재감 과시용이라는 오해를 받을 수도 있는 곳이 직장이다.

직장
정글의
법칙

07

스펙과 현실의 차이

커피를 타오던 허대리가 신입에게 다가가 물었다.

"아까부터 혼자 뭘 그렇게 중얼거리고 있어?"

"요즘 날마다 드는 생각인데요. 이건 제가 꿈꾸던 직장 생활이 아니에요. 이럴 거면 취준생 때 열심히 공부할 필요 없었다고요."

"무슨 일 있었어?"

허대리가 묻자 신입이 대답했다.

"무슨 일이 있었던 게 아니라 이런 일상이 반복된다는 게 문제죠. 죽도록 공부해서 정보처리기사 자격증 땄는데 제가 처리하는 건 정보가 아니라 종이 낀 복사기랑 고장 난 프린터구요. 토익 점수 850점 넘기려고 7년 동안 영어 학원 새벽반에 다니면서 죽어라 공부했는데 입사하고 나서 일할 때 쓰는 영어는 노트북이랑 파일 정도. 전공도 경영학인데 지금 하고 있는 일은 자료 조사뿐이잖아요."

곁에 있던 이과장이 한마디했다.

"나도 취업 5대 스펙인 학벌, 학점, 토익, 어학 연수에 자격증까지 다 갖췄지만 지금은 써먹을 데가 없네?"

신입이 말한다.

"5대 스펙은 옛말이에요. 요즘은 거기에 봉사, 인턴, 수상 경력까지 더해서 8대 스펙이 됐어요. 수상 경력 쌓으려고 각종 대회에도 나갔었는데 그렇게 쌓은 스펙이 넘 아까워요. 오죽하면 7포 세대라는 말이 있겠어요."

허대리가 놀라며 물었다.

"뭐? 우리 땐 삼포시대였는데 그새 7포가 됐어?"

이과장도 덧붙였다.

"나도 5포까진 들어봤는데, 7포는 처음 듣는데?"

신입이 대답했다.

"취업 포기, 결혼 포기, 출산 포기, 3포에 이어서 인간관계하고 내집 마련까지 다 포기한 5포 세대, 거기에 꿈과 희망까지 포기한 7포 세대라고요. 사람마다 포기하는 게 조금씩 다르니까 요즘은 숫제 n포 세대라고 불러요."

"n포 세대?"

"네. 뭐든 포기해야 하고. 가질 기회조차 박탈당한 세대라는 뜻이죠."

"그래도 신입은 취업했잖아."

"대신 다른 걸 포기하게 됐죠. 아침엔 일찍 나오고 밤엔 늦게 퇴근하니까 친구들 만날 시간 없어서 우정 포기. 연애할 시간 없어서 사랑도 포기. 차가 끊긴 시간에 퇴근하다 보니까 택시 타고 다니느라 저축도 포기. 일요일이나 명절에도 당직이라서 부모님 뵈러 집에 내려가는 것도 불가능해서 효도 포기. 취미 생활이나 잠은 포기한 지 오래됐고. 포기할 게 나날이 늘어가요."

그때 지나가던 백차장이 일침을 가했다.

"신입! 쓸데없는 푸념 포기하고 열심히 일해. 아님 회사가 널 포기할 거야. 그런 생각을 한다는 거 자체가 배부른 투정이고 입사한 지 1년이 돼간다는 증거라고."

> 신혼 효과라는 말이 있다.
> 처음에는 직장 생활에 대한 만족도가 높다가 1년쯤 되면 정점을 찍고 만족도가 떨어지기 시작하는 현상을 의미한다.
> 박물관도 처음에 문을 열고나서 1, 2년 동안은 관람객이 많다가 그다음부터 급격하게 관람객 숫자가 감소하는 현상이 나타나는데 이걸 신혼 효과라고 한다.
> 결국 만족도가 떨어지고 회의가 든다는 건 신혼이 지났다는 뜻이다.

직장
정글의
법칙

08

직장에서
총대를 멘다는 것은?

사내 인트라넷을 보던 이과장이 갑작스레 불만을 터뜨렸다.

"이건 정말 너무해. 차장님. 얘기 들으셨어요?"

백차장이 또 뭐냐고 물으니 이과장은 한층 더 목소리를 높인다.

"아마 제 얘기 들으면 백차장님도 흥분하실걸요? 우리 외근 나갈 때 자가용 이용하면 리터당 1,000원씩 주유비 보조해주잖아요. 이번 달부턴 그걸 반으로 깎는대요. 총무팀 동기가 쪽지를 보내왔어요."

백차장도 흥분했다.

"맙소사. 요즘 기름 값이 얼마나 비싼데 올려도 신통찮을 판국에 깎는다고? 단체로 회사에 건의하자."

이과장은 완전 찬성이라며 힘을 모으자고 했다.

이때 현실적인 신입이 나서서 말했다.

"제가 알기로는 주유비 지급이 원래 사규에 있는 건 아니라고 하던데요? 신입 사원 교육 때 들었어요."

신입의 말을 듣자 다들 움츠러드는 기색이 역력했다.

강하게 말하려면 누구 한 명이 앞장서야 할 텐데 아무도 나서지 않았다. 괜히 나섰다 역풍 맞는 거 아닐까 눈치를 보기 시작했다. 백차장의 떠밀기가 시작됐다.

"돈 문제에 관해선 유난히 예민한 이과장이 앞장서야 되지 않겠어?"

이과장도 가만있을 수 없다.

"에이, 상사이신 백차장님이 계신데 제가 나서는 건 오바죠."

둘의 치열한 눈치작전이 계속됐다.

"이과장, 아깐 흥분하더니 이제 와서 뒤로 빠지는 거야?"

"차장님, 전 군대에서도 총대 메는 건 안했어요. 괜히 나섰다가 직격탄 맞고 장렬하게 전사하면 제 인생 그리고 우리 애들은 누가 책임집니까? 차장님이 하세요."

백차장이 점점 더 흥분했다.

"아니, 내가 난방비 투사야?"

"앞으론 주유비 투사 백여우라고 불러드릴게요. 동료를 대표해서 회사에 개선을 요구하는 건 매우 아름답고 용기 있는 행위죠."

"그래. 맞아. 그 아름답고 용기 있는 행위를 이과장이 하면 되겠네. 마침 부장님도 오셨네? 부장님, 이과장이 드릴 말씀이 있대요."

등 떠밀린 이과장이 한마디 했다.

"부장님. 전 이런 말씀, 드리지 말자고 했는데요. 백차장님이 주유비 보조금 인하가 부당하다고 건의하재요."

직장에서 총대를 메는 사람을 리스크 테이커(risktaker)라고도 말한다. 직역하자면 위험을 떠안은 행위가 되는데 위험을 감수할 만큼 애정과 열의가 있다는 뜻도 될 것이다.
중요한 것은 성공한 사람은 모두 리스크 회피자(risk averter)가 아니라 리스크 테이커였다. 때로는 위험을 끌어안는 게 필요한 순간도 있다.

09

직장도 인생도
음식이 아니다

보고서를 내민 백차장에게 장부장이 말했다.

"여기 마침표 빠졌다, 이건 표 만들어서 넣고 조사도 바꿔. 나 잠깐 나갔다올 동안 다 고쳐놔."

부장이 자릴 비운 후 백차장의 푸념이 이어졌다.

"아니, 부장님이 빨간펜 선생님도 아니고 조사 하나 틀렸다고 빨간색 볼펜으로 쫙쫙 그어버리다니 정말 불쾌해. 스트레스 받아서 회사 못 다니겠어. 나의 스트레서는 부장님이야!"

허대리가 맞장구치며 한마디 보탰다.

"저도 그래요. '향후 매출 향상이 예상된다.' 하고 '향후 매출 향상을 기대할 수 있다.'가 뭐가 달라요? 부장님의 황당한 지적질 때문에 회사 다닐 맛이 안 나요."

그때 이과장이 씩씩대면서 사무실로 들어왔다.

"나 원 참! 부장님이, 내가 맡고 있는 영업점에 가서 내가 제때 오는지, 또 오면 어떤 일 하고 가는지 꼬치꼬치 캐묻고 가셨대. 자기가 무슨 암행어사야? 왜 나 몰래 영업점에 가서 조사를 하냐고. 이런 식으로 우릴 못 믿고 사사건건 간섭하시니까 일할 맛이 안 난다는 것 아실라나 몰라. 일할 맛 나는 회사 좀 만들어주면 안 되나?"

그때 사무실로 들어온 장부장이 말했다.

"뭐 일할 맛? 아직도 정신 못 차렸구먼. **살맛 안 나도 사는 게 인생이고 일할 맛 안 나도 일해야 하는 데가 직장**이야. 알았어?"

스트레스는 원래 물리학 용어다. 고무공을 손가락으로 누를 때 쏙 들어가는 것을 스트레스, 누르는 힘을 스트레서라고 하는데 직장에서 상사에게 압박을 받은 상태가 스트레스이고 압박을 주는 상사가 스트레서인 셈이다.

스트레스를 풀지 못하면 사망 확률이 4배나 증가한다고 하니 스트레스는 수명 단축의 지름길. 하지만 직장 생활에선 스트레스도 스트레서도 막을 수 없다.

결국 관리가 답이다.

직장
정글의
법칙

10
돌취생은 힘들어

아침부터 부장한테 잔뜩 깨진 이과장이 허대리에게 호기롭게 말했다.

"아, 진짜 확 때려칠 거야. 허대리, 나 종이 좀 줘. 빳빳한 A4 용지로 부탁해. 사표 써서 부장 얼굴에 확 던지게!"

백차장이 혀를 끌끌 차며 말했다.

"쯧쯧쯧. 저러다가 마누라 전화 한 통이면 당장 사직서 찢을 거면서 허세 부리기는 참……."

이과장의 반박이 이어졌다.

"부장님이 정말 너무하시잖아요! 한두 번도 아니고 매번."

"그래. 그게 정답이야. 한두 번도 아니고 매번 그러니까 '저러

다 말겠지, 이 또한 지나가리라.' 하고 참아야지. 참다보면 이것
또한 지나가리라. 몰라?"

신입이 보태기에 들어갔다.

"맞아요. 못 참고 확 때려치우면 과장님도 **돌취생** 되는 거예요."

의아해하는 이과장의 표정을 본 신입이 설명했다.

"돌싱은 돌아온 싱글, **돌취생**은 돌아온 취준생이죠."

그러자 가만히 있던 허대리가 말했다.

"에이, 이과장님은 돌취생은 아니지. 돌취생은 입사하고 1년도
못 돼서 조기 퇴사한 사람들이잖아."

백차장의 빈정거림이 이어졌다.

"하긴 요즘은 **돌취생**들이 넘쳐난다며? 쳇, 그럴 거면 입사할 때
'자소설'은 왜 썼나 몰라."

이과장이 물었다.

"허대리, **자소설**은 또 뭐야?"

"구직자들이 강한 인상과 거창한 이미지를 주기 위해서 자기소
개서를 소설 수준으로 쓴다고 해서 나온 말이죠. **인구론**이란 말은
아세요?"

"설마 대한민국의 인구가 줄고 있다? 이런 건가?"

"아뇨. 인구론은 '인문계 졸업생의 90퍼센트는 논다.'를 줄인
말이고요. 한때는 이십 대 태반이 백수라고 해서 이태백이라고 했

지만 요즘은 **이퇴백**이란 말을 더 많이 써요. '20대에 스스로 퇴직한 백수'를 뜻하는 말이죠."

그때 백차장이 혀를 차며 거들었다.

"하긴 요즘 청년 실신 문제도 정말 심각해."

"우하하하, 청년 실신이 뭐예요? 청년 실업이지."

이과장이 잘 못 알아듣자, 신입이 잘난 척하며 말했다.

"과장님. 청년 실신은 대학 때 등록금 대출받았는데 취업이 늦어져서 신용불량자 되는 상황을 말하는 건데요. 요즘은 실신을 넘어서 청년 떡실신 수준이죠."

내 얘기
하는 거야?
후훗!

청년 취업난이 가속화되면서 생강녀의 인기가 높아지고 있다고 한다.
생강녀는 '생활력이 강한 여자'의 줄임말.
직장 정글에서 살아남아야 생강남, 생강녀가 될 수 있다.

직장
정글의
법칙

11

직장인 단편 시

"신입, 아침부터 뭘 그렇게 들여다봐?"

"삼성그룹에서 직원들 대상으로 단편 시를 공모했는데 그거 보면서 격공하는 중이에요."

"단편 시?"

신입이 말했다.

"한번 들어보세요. 제목은 「출근길」이고 내용은 딱 한 줄이에요. '이제 가면 언제 오나'. 우수상을 받은 작품은 '내가 맞는 건데, 내가 틀린 것'인데 제목이 뭔지 아세요?"

"혹시 「상사와의 모든 대화」 아냐?"

이과장이 끼어들었다.

"나는 마누라와의 대화도 그래."

신입이 고개를 저으며 의기양양하게 말했다.

"정답은 「정시퇴근」이에요. 「임원 자리의 화초」는 '니가 나보다 오래 살겠지.' 「숙취」는 '드디어 세상이 나를 중심으로 돌기 시작했다.' 그래서 저도 한 수 지어봤어요. 제목, 「부장님」. 사장님 앞에선 딸랑딸랑, 우리들 앞에선 버럭버럭. 당신은 진정한 천의 얼굴, 국민 배우, 어때요?"

"나도 하나 지었어. 제목, 「신입사원」. '일 배우는 속도는 슬로우 비디오, 사고치는 속도는 LTE A. 넌 어느 별에서 왔니?'"

깔깔대던 이과장이 말했다.

"저는 「월급」으로 지어볼게요. '기다릴 땐 산소 같은 너 들어오고 나면 신기루 같은 너.'"

허대리는 「회식」으로 지어보겠다고 했다.

"가기 싫은데도 신나는 척. 술 먹기 싫은데도 땡기는 척. 죽을 거 같은데도 아무렇지도 않은 척. 너는 삼척동자!"

12

회식도 자리가 중요하다

팀원들이 다 모여 있는데 뒤늦게 도착한 장부장, 자리에 앉기도 전에 투덜거리기 시작한다.

"대체 회식 장소를 여기로 잡은 사람이 누구야?"

이과장의 빠른 대답이 이어진다.

"센스 박약 허대리죠."

자기가 고기 맛이 좋다고 추천한 식당이지만 상사의 질책 앞에 나부터 살고보자는 기회주의가 발동했다. 주차장에 자리가 없어서 회식 장소가 마음에 안 든다고 투덜대는 부장, 기분이 안 좋아 보인다. 이과장이 부장의 기분도 맞춰줄 겸 아부를 했다.

"이쪽으로 오시죠. 제가 부장님이 앉으실 자리를 따끈따끈하게

데워놨습니다.”

백차장이 비아냥거린다.

“식당 안이 이미 더운데 자리는 왜 데워놓지?”

허대리가 무심코 돌아보니 신입이 상석에 앉아 있었다. 놀란 허대리가 서둘러 말렸다.

“신입, 빨리 일어나. 거긴 상석이야.”

신입은 “회식 자리에도 상석이 있어요?” 하고 되물었다.

“당연하지. 이렇게 긴 테이블에선 이쪽저쪽 다 볼 수 있는 중간이 상석이야.”

이어 이과장이 자체 제작한 신조어 **배벽임문**을 내놓으며 또 한 수를 가르쳐줬다. 뒤로는 벽을 두고 앞으로는 출입구를 보는 자리가 상석이라고 알려준다.

이과장은 삼겹살 5인분을 주문하며 “7인분 부럽지 않게 가져다주세요.” 한다.

백차장이 당당하게 말했다.

“전 한약을 먹는 중이라 돼지고기를 먹을 수 없어요. 부장님 다른 거 시켜도 되죠?”

“그래? 그럼 냉면 먹어. 백차장 면 좋아하잖아.”

하지만 강철 멘탈 백차장은 늠름하게 외쳤다.

“아줌마, 여기 꽃등심 2인분 주세요.”

고기가 익기 시작하자 신입이 눈치 없이 부장 앞에 있는 고기를 집어 들었다.

허대리가 말했다.

"신입. 부장님이 먼저 드시고 나서 먹는 게 **오피스 에티켓**이야."

이과장은 부장에게 술을 따르겠다며 숟가락을 찾았다.

"아니, 멀쩡한 병따개 두고 왜 숟가락으로 따?"

백차장이 핀잔을 주자 이과장이 대답했다.

"숟가락 활용은 회식 자리의 진리죠."

그러고는 숟가락으로 소주 한 병을 땄는데 병따개가 하필 백차장 얼굴로 날아가 정통으로 맞았다.

"아얏!"

백차장은 화가 났지만 부장 눈치가 보여 꾹 참고 있는데 이과장이 부장의 술잔에 술을 따르고 있다. 잔에 가득 채워지도록 붓고 있기에 한마디했다.

"이봐, 이과장은 회식 자리 술잔의 미학도 모르나? 술을 따를 땐 술잔의 80퍼센트만 따르는 거잖아."

그러자 이과장이 노래로 화답했다.

"부장님을 향한 마음을 담다 보니 넘치네요? 부장님을 향한 나의 사랑은~ 무조건 무조건이야~~♬"

이건 뭐
회식인지, 교육인지,
편하게 고기를 못 씹겠어.
흑흑.

회식에도 오피스 에티켓이 있다.
자리 선택부터 음식 먹는 차례와 술 따르는 방법까지 잘 알아두고 지
켜야 직장 정글에서 생존할 수 있다.

직장
정글의
법칙

13

쿨하지 못해 미안해

백차장이 한참 동안 휴대전화를 만지작거리고 있다.

보다 못한 장부장의 핀잔이 날아들었다.

"백차장! 회식 자리에서 술 먹다 말고 휴대전화는 왜 그렇게 뚫어져라 들여다보고 있어? 술 안 마실 거야?"

그러자 백차장이 머쓱해하며 대답했다.

"아, 제가 볼 게 좀 있어서 그랬어요."

눈치 없는 이과장이 거든다.

"어디? 연예인 누가 또 결혼한대요? 차장님은 결혼 기사에 민감하시잖아요."

허대리도 옆에서 거들었다.

"어머? 누가 결혼하는데요?"

그러자 백차장이 입을 삐죽거리며 말했다.

"됐어! 휴대전화 그만 볼 테니까 나에 대한 관심은 그만 끊고 다들 원샷, 오케이? 휴!"

그때 신입이 끼어들며 말했다.

"근데 원샷 뒤에 그 한숨은 뭐예요? 혹시 설마 백차장님, 지금 헤어진 옛 남친의 SNS에 들어가서 남의 사생활 훔쳐보셨던 거예요?"

백차장이 발끈했다.

"훔쳐보다니? SNS는 '다들 들어와서 내 사생활 좀 봐주세요.' 광고 하는 건데. 그게 왜 훔쳐본 거야? 왜 날 도둑으로 몰아?"

이과장이 받아쳤다.

"아이고, 맞네. 맞아. 차장님 헤어진 남친 SNS에 들어가서 엿보다가 딱 걸린 거죠?"

백차장이 이실직고한다.

"난 SNS에다가 딸 낳았는데 마누라 닮아서 정말 예쁘다, 이런 자랑질 올리는 남자들이 세상에서 제일 싫어! SNS도 정말 싫어. 여긴 죄다 행복한 사람만 넘쳐나!"

신입도 혀를 차며 말한다.

"백차장님 쿨한 분인 줄 알았는데 역시 헤어진 남친 앞에선 별

수 없군요."

이과장이 한마디했다.

"그러게. 여자들은 다 그런가 봐. 전에 허대리도 회식 때 술 먹고는 어떤 남자한테 전화해서 '이 나쁜 자식~' 이러면서 엉엉 울어서 내가 뜯어말리느라 혼났거든."

"어머? 제가 언제 그랬다고 그러세요?"

허대리가 펄쩍 뛰자 이과장이 말했다.

"기억 안 나? 그날 소맥 말아서 먹고 결국 3차 가서 털어놨잖아. 입사 직후에 사귄 남친이었다고. 어후. 그때 내가 허대리 검은 눈물까지 닦아주느라 얼마나 고생했는데. 마스카라 좀 작작 칠해라."

허대리가 머쓱해할 때 신입이 한마디 했다.

"대리님에게도 그런 흑역사가 있었군요. 하긴 남하고 비교 안 하고 쿨하게 사는 게 생각보다 어려운 거 같아요. 저도 대학 동기 모임 나가서 첫 월급 얘기하다가 대형 로펌 들어간 친구 얘기 들으니까 연봉 비교가 되면서 기가 확 죽고 소심해지는 게 아휴, 정말 위축되더라고요."

그러자 장부장이 외쳤다.

"어떤 걸 기억하느냐에 따라서 불금이 **불타는** 금요일이 될 수도 있고 **불행한** 금요일이 될수도 있는 거야. 자, 다 잊고 원 샷!"

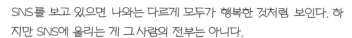

이럴 땐
SNS를 모르는 내가
차라리 속 편해.

SNS를 보고 있으면 나와는 다르게 모두가 행복한 것처럼 보인다. 하지만 SNS에 올리는 게 그 사람의 전부는 아니다.

영어권에는 '남의 집 잔디가 더 푸르러 보인다' 는 속담이 있다. '남의 떡이 더 커 보인다'는 옛말처럼 남과 비교하지 말라는 말이다.

다른 사람과의 비교는 자괴감을 부른다. 꼭 비교를 하고 싶다면 다른 사람이 아닌 나 자신과 비교해볼 일이다. 어제의 나와 비교해서 얼마나 달라졌는지 점검하다보면 어제보다 발전하기 위해 노력하는 나 자신을 발견할지도 모른다.

비교의 대상은 '밖이 아닌 안'에서 찾는 게 현명하다.

직장
정글의
법칙

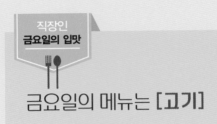

금요일의 메뉴는 [고기]

일주일 내내 쌓인 스트레스가 최고조에 달하는 금요일은 직장인들 에겐 회식의 날이기도 하다.

회식 메뉴로 가장 인기 좋은 건 역시 고기.

"직장인들이여!
업무 때문에 기분이 **저기압**일 땐 **고기 앞**으로 가라!"

회식을 사랑하는 직장인들의 모토는?
회의는 짧게, 회식은 길게.

회식 자리 중 명당은?
고기 잘 굽는 동료의 옆자리.

고기를 맛있게 먹는 방법은 고기를 잘 굽는 사람 옆에 앉는 것이다.
역시 회사 안에서나 회사 밖에서나 **사람이 재산**이다.

숙취도 즐거운 오늘은, 토요일!

허대리가 놀라서 눈을 번쩍 떴다.

반사적으로 몸을 일으켜 휴대전화를 찾아 눈앞에 들이댔다.

시간을 보니 6시 반. 소스라치게 놀라 저절로 비명이 나왔다.

'으악! 6시에 알람이 울렸어야 하는데 왜 안 울렸지? 고장 났나? 배터리가 다 됐나?'

심장이 두근두근거렸다. 머릿속으론 부장님께 들이댈 각종 변명을 짜기 바빴다.

'길이 막혔다고 할까? 아팠다고 할까?'

그런 생각을 하다 보니까 진짜 머리가 아픈 것 같았다. 아니, 아픈 것 같은 게 아니라 진짜 아팠다. 그제야 휴대전화 시계 옆 날짜

와 요일이 눈에 들어온다.

'아. 오늘 토요일이지. 더 자도 되는데…… 아, 이 죽일 놈의 생체 시계!'

허대리는 자기 안의 자동 알람이 야속하기만 하다. 일찍 일어나지 않아도 되는데 습관처럼 일찍 눈이 떠진 것이다. 두통의 정체도 알게 됐다.

'아 참. 어제 회식했지.'

허대리는 휴대전화를 던지듯 내려놓고 다시 이불 속으로 들어갔다. 직장인들에게 꿀보다 초콜릿보다 달콤한 것은 토요일 아침에 맛보는 늦잠 아니던가!

허대리는 쓸데없이 일찍 일어난 게 아쉽긴 하지만 이제라도 **허니버터** 늦잠을 자려고 이불을 끌어올려 둘둘 말았다.

그때 휴대전화에서 카톡 카톡 하는 소리가 요란하게 들렸다.

'누가 토요일 아침부터 카톡질이야?' 무시하려는데 또 카톡 알림음이 들렸다.

어쩔 수 없이 휴대전화를 확인했다. 장부장이었다. 🙂

'허대리, 우리 지난번에 회식하고 다음 날 같이 갔던 해장국집 이름이 뭐였지?'

'허대리 왜 답이 없어? 내가 어제 많이 마셨나 봐. 속 쓰려서 그래.'

'전화번호 좀 찍어줘. 얼른.'

허대리는 휴대전화를 내던지고 머리를 헝클어뜨렸다. 잠시 후 허대리의 집 밖으로 구슬픈 외침이 들려왔다.

"오늘은 토요일이라고요~~~! 나 좀 내버려 둬~~~!"